KB062331

로크미디어가
유혹하는
재미있는 세상
ROK
MEDIA
로크미디어

Taming Master
테이밍 마스터

테이밍 마스터 45 2부 완결

2019년 11월 8일 초판 1쇄 인쇄
2019년 11월 13일 초판 1쇄 발행

지은이 박태석
발행인 이종주

총괄 김정수
경영지원 배진경 임혜솔 송지유

기획 이기헌 왕소현 박경무 이승제
책임 편집 금선정

발행처 (주)로크미디어
출판등록 2003년 3월 24일
주소 서울시 마포구 성암로 330 DMC첨단산업센터 3층 318호, 319호
Tel (02)3273-5135 **편집** 070-7863-8586 **Fax** (02)3273-5134
홈페이지 rokmedia.com **E-mail** rokmedia@empas.com

값 8,000원

ISBN 979-11-354-3402-0 (45권)
ISBN 979-11-5960-986-2 04810 (세트)

작가와의 협의에 의해 인지는 생략합니다.
잘못된 책은 구입처에서 바꾸어 드립니다.

45 2부 완결

Taming Master

|박태석 게임 판타지 장편소설|

테이밍 마스터

CONTENTS

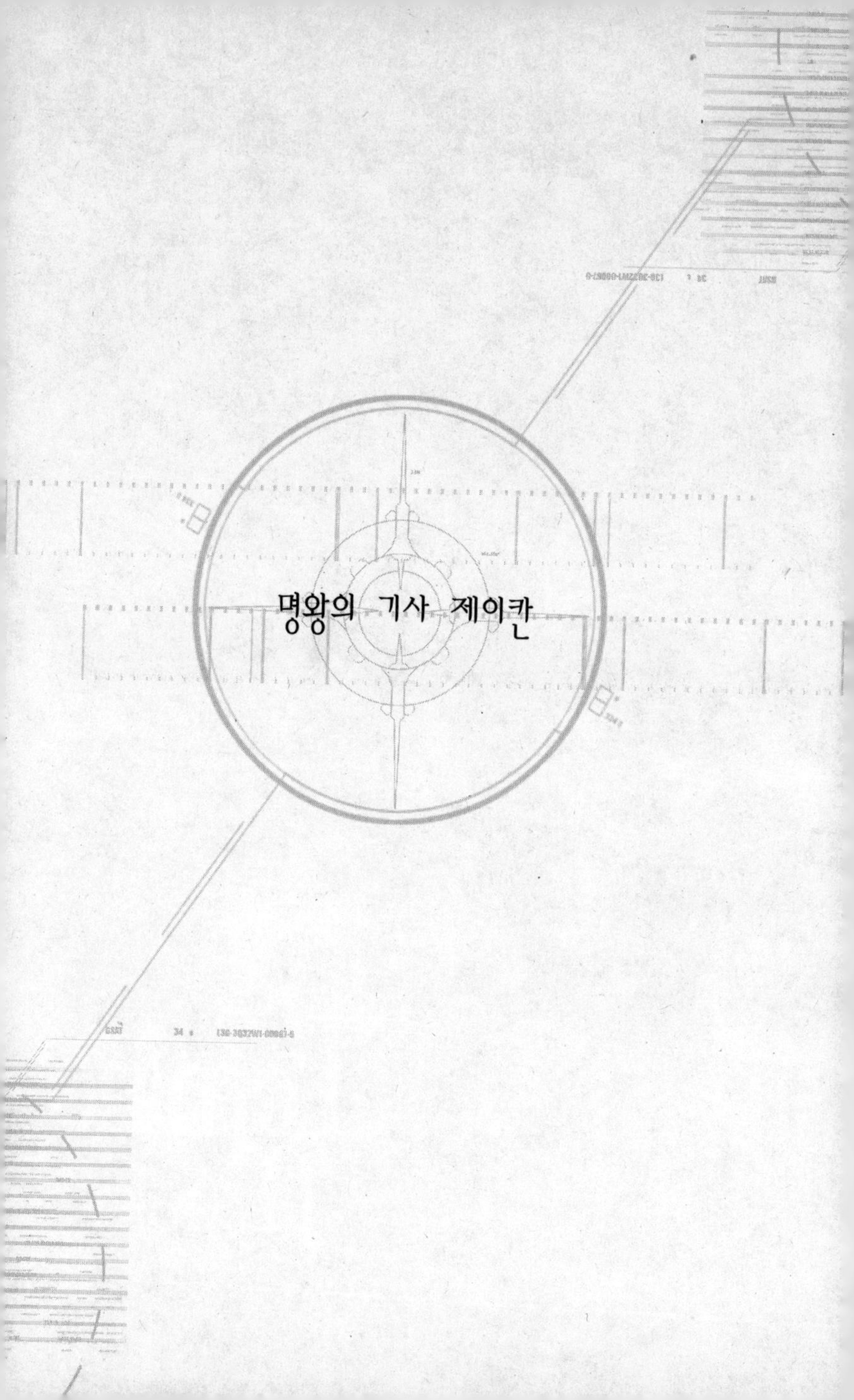

명왕의 기사 제이칸

Taming
Master

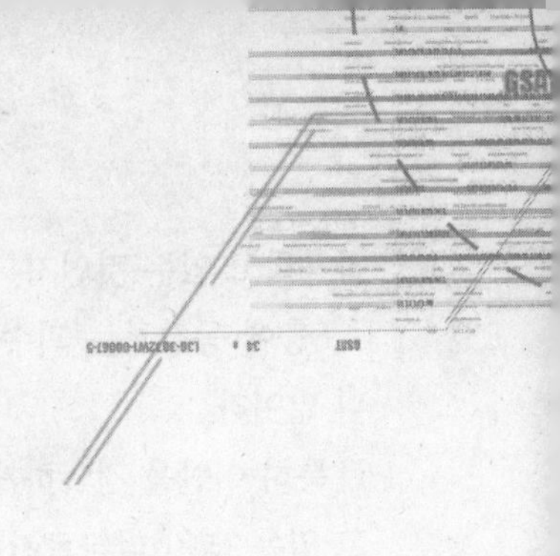

지금껏 발러 길드를 항상 좌절하게 만들었던, 극악의 난이도를 자랑하는 혼령의 탑 8층.

이안은 죽은 영혼의 사슬 파훼법을 안 이상 8층도 어렵지 않을 것이라고 생각했지만, 그것은 이안의 착각이었다.

7층과 8층의 난이도는 아예 다른 차원의 것이었으니 말이다.

'올리버가 왜 껍데기만 1레벨이라고 했는지…… 이제 확실히 알겠어.'

혼령의 탑 1층부터 8층까지, 등장하는 모든 몬스터들의 초월 레벨은 분명 변함없이 1레벨이었다.

하지만 스텟 가중치가 다른 것인지, 어떤 특수한 장비를 착용하고 있는 것인지.

8층에 등장하는 괴수들의 전투력은 정말 상상 이상이었으니 말이다.

특히 이안을 경악하게 했던 존재들은, 시커먼 유령마를 타고 있는 '명왕 라타르칸'의 기사들이었다.

확실히 '기사' 수식어를 달고 있는 녀석들은 평범한 해골병사와 차원이 다른 전투력을 보여 줬던 것이다.

"쟤들이 타고 있는 거…… 혹시 타노스키아 아니냐, 훈아."

"맞아, 형."

"뭐 저런 무식한 놈들이……."

기사들이 타고 있는 유령마를 본 이안이 고개를 절레절레 저었다.

'타노스키아'는 말의 형상을 한 강력한 언데드 소환수였는데, 흑마법사 사이에서도 무척이나 귀한 언데드였다.

명계에서 정말 낮은 확률로 드롭되는 '타노스키아의 소환석' 아이템이, 경매장에서 거의 3~4만 차원 코인에 거래될 정도였으니 말이다.

쉽게 말해 최상위 랭커인 훈이조차도 가격에 부들부들 떨면서 한 마리 구한 수준.

그런 귀한 소환수를 수십이 넘는 기사들이 전부 탑승해 있었으니, 이안과 훈이의 입장에서는 어이가 없을 수밖에 없는 것이다.

"혹시 쟤들 잡으면, 타노스키아의 소환석이라도 드롭되는 거 아냐?"

"그럼 진짜 개꿀인데……."

훈이와 이안의 대화를 옆에서 들은 아르케인이 피식 웃으며 고개를 절레절레 저었다.

"아쉽게도 그런 대박은 없더군요."

"그, 그런가요……."

"저 친구들이 드롭하는 것도, 병사들이랑 크게 다르지 않아요."

"명왕의 징표……?"

"빙고."

"칫."

8층의 난이도가 어려운 만큼, 공략법은 7층 때와 완전히 달라졌다.

사실 죽은 영혼의 사슬 파훼법을 알지 못했을 때야 선택지가 버티기 하나뿐이었지만, 이제는 차근차근 각개격파를 한다는 새로운 선택지가 생기기도 했으니 말이다.

하여 발러 길드의 원정대는 이안, 훈이와 함께 기사들을 하나씩 격파하기 시작하였다.

"유령의 저주를 조심해야 합니다."

아르케인의 말에 이안이 고개를 끄덕이며 답했다.

"유령의 저주라면…… 타노스키아의 고유 능력이죠?"

"맞습니다. 재사용 대기 시간도 없는 평타 스킬 같은 건데…… 위력은 강하지 않지만 침묵이 묻거든요."

"으…… 그놈의 침묵."

유령마 타노스키아의 가치는 침묵을 비롯한 강력한 CC 능력과 디버프 능력에 있었다.

유령의 힘이 묻은 공격에 당하면 기본적으로 침묵이 걸리는 데다, 광역 패시브 스킬인 '죽음의 안개'를 활용하여 범위 내의 모든 적을 디버프하고 모든 아군을 버프하니.

언데드 군단을 소환하여 전투하는 소환형 흑마법사에게, 타노스키아는 필수적인 0티어 소환수였던 것이다.

죽음의 안개

자신 인근 50M 이내에 존재하는 모든 아군의 치명타 확률을 5%만큼 증가시키며, 방어 관통을 10%만큼 증가시킵니다. 반대로 범위 내에 존재하는 모든 적들의 회복 능력을 30%만큼 감소시키며, 저항력을 20%만큼 감소시킵니다.

"죽음의 안개가 중첩되지 않는 게 다행이네."

훈이의 말에 이안이 고개를 끄덕였다.

"그거 중첩됐으면, 여기 못 깨……."

만약 이 죽음의 안개가 중첩됐다면 모든 적들의 방어 관통은 100%가 넘었을 테고, 아군의 저항력은 마이너스 대로 떨어졌을 테니, 답이 없는 상황이 연출되었을 것이었다.

"크, 타노스키아 하나 뺏어서 내가 타고 싶다."

"쓸데없는 소리 할 시간에 한 놈이라도 더 커버해, 인마."

"쳇. 알겠어, 형."

이안의 핀잔을 들으면서도 열심히 흑마법을 캐스팅하는 훈이.

정령왕 엘리샤의 고유 능력들을 활용하여, 안정적인 전투력을 보여 주는 이안.

그에 더해 발러 길드의 원정대원들도 이제 두 사람과도 제법 호흡이 맞기 시작했고, 점점 시너지가 나기 시작하자, 8층도 결국 끝이 보이기 시작하였다.

띠링-!

-파티 리더 '아르케인'이 네 번째 제단에 불을 붙였습니다!

-조건이 일부 충족되었습니다! (4/5)

"자, 조금만 더 힘내자고!"

"드디어 8층을 벗어나는 건가……!"

"아직까지 한 명도 아웃되지 않았다니…… 정말 기적 같군."

발러 길드의 길드원들은 저마다 한 마디씩 중얼대며 더욱 힘을 내기 시작하였다.

이안과 훈이의 합류가 기대했던 것 한참 이상의 효과를 보여 주고 있었으니, 이제는 모두의 머릿속에 '혼령의 탑 클리어'라는 단어가 떠오르기 시작한 것이다.

그리고 그것은 아르케인 또한 마찬가지였다.

'8층까지 낙오가 하나도 없을 줄이야. 정말 클리어를 바라봐도 되겠군.'

아직 9층과 10층이 남긴 했지만, 아르케인은 희망적이었다.

'칼데라스도 아직 넘지 못한 망각의 강을…… 우리가 최초로 넘을 수도 있겠어.'

8층의 마지막 제단에 불을 붙이며, 온갖 행복 회로를 돌리는 아르케인.

–파티 리더 '아르케인'이 다섯 번째 제단에 불을 붙였습니다!

–조건이 충족되었습니다!

–'혼령의 제단 8층'을 성공적으로 공략하셨습니다!

–'혼령의 제단 8층'에 존재하는 모든 몬스터들이 소멸됩니다.

……중략……

–클리어 등급 : S–

물론 아르케인의 머릿속 행복 회로가 그대로 현실화될지는 아직 알 수 없는 것이었다.

발러 길드의 배신자 세르누크를 만난 뒤, 카브리엘과 게스토 길드의 계획은 전면 수정되었다.

세르누크에게 얻은 정보를 잘만 활용한다면, 발러 길드의 뒤통수를 치는 것은 물론, 전 서버 최고 랭커인 이안과 훈이까지도 벗겨 먹을(?) 수 있는 절호의 기회를 잡을 수 있을 것으로 보였으니 말이었다.

'이건 신이 주신 기회야.'

사실 카브리엘이 아무리 톱 랭커라고 하더라도, 게스토 길드가 발러의 정예와 이안을 상대하는 것은 불가능한 일이었다.

게스토 길드 또한 전체 랭킹 10위에 발을 걸치고 있는 최상위 길드였지만, 길드 랭킹 3~5위권을 언제나 유지하는 발러 길드와 비교한다면 확실히 전력이 열세였으니 말이다.

여기에 이안이라는 일인군단까지 가세한다면, 게스토 길드에서 비벼 볼 수 없는 것은 너무도 확실한 사실.

그러나 세르누크가 언급했듯, 지금은 조금 특별한 상황이었다.

상대는 게스토 길드의 존재를 모르지만, 게스토 길드는 거의 모든 것을 알고 있으니 말이었다.

거기에 한 가지 더.

이 필드가 '망각의 심연'이라는 사실 또한, 게스토 길드의 승산을 확실히 올려 주는 부분이었다.

'이 망각의 저주 안에선, 모두가 공평하니 말이지. 흐흐.'

장비까지 어쩔 수는 없지만, 적어도 레벨만큼은 완벽히 평등한 곳인 이 망각의 심연.

이 레벨 평준화를 통해 발러 길드와의 격차는 최대한 좁혀질 것이었고, 여기에 세르누크로부터 얻은 정보들까지 활용된다면.

이안과 발러 길드의 통수를 칠 수 있는 가능성은 엄청나게 올라가는 것이다.

"이제 발러 길드가 탑에 입장한 지…… 대충 2시간 정도가 지난 건가?"

카브리엘의 물음에 세르누크가 고개를 끄덕이며 답하였다.

"맞아, 카브리엘. 정확히 1시간 50분 지났군."

"흐음……."

지금 세르누크와 게스토 길드가 매복해 있는 곳은 '망각의 심연' 내부이면서 '망각의 문' 바깥이었다.

혼령의 탑에서 낙오한 유저는 혼령의 땅이 아닌 망각의 문 바깥으로 강제 소환된다는 사실을 카브리엘은 정확히 알고 있었으니 말이다.

혼령의 탑을 포함한 혼령의 땅 내부에선 생명력이 5% 미만으로 떨어지는 순간 망각의 문 바깥으로 빨려 나오게 되니,

그렇게 튕겨 나온 발러 길드의 원정대원들을 하나씩 짤라 먹기에, 이곳만큼 완벽한 위치도 없었으니까.

"1시간 50분이면, 이제 슬슬 낙오자가 나올 때도 되었는데……."

카브리엘은 머릿속으로 혼령의 탑을 한번 시뮬레이션해보았다.

대충 7층과 8층. 그리고 9층까지 도달하는 데에, 얼마 정도의 시간이 소요되었었는지 체크하는 것이다.

'지난번 8층 공략을 성공했을 때…… 우리가 소모했던 시간은 대충 3시간 정도였어.'

시간을 계산하던 카브리엘은 점점 조급한 표정이 되어 갔다.

그의 계산으로 발러 길드에 이안과 훈이가 합류했다면, 게스토보다 더 빠른 시간에 7~8층에 도달했을 것이고, 2시간이 지났다면 이제는 슬슬 낙오자가 하나씩 나올 시점이 되었는데, 아직 망각의 문 앞에 발러 길드의 그림자 하나 보이지 않았으니 말이었다.

물론 이해도가 낮은 세르누크는 답답한 소리를 했지만 말이었다.

"아직 낙오자가 나올 시간은 아니야, 카브리엘."

"어째서 그렇지?"

"지난 번 공략때 우리 길드는 8층에 도착하는 데만 거의 4

시간이 걸렸으니까.”

“…….”

세르누크의 말에 카브리엘은 입을 닫아 버렸다.

사실 이안보다도 ‘훈이’의 존재 때문에 발러 길드의 클리어 타임이 엄청 당겨질 것이라는 사실을 카브리엘만큼은 확실히 알고 있었으니 말이다.

‘아직까진 괜찮아. 발러 길드와 이안의 전력이라면, 7층까지도 낙오 없이 클리어가 충분히 가능할 테니까.’

카브리엘은 다시 머리를 굴리기 시작했다.

그리고 여러 변수들을 감안한 결과, 어느 정도 결론을 내릴 수 있었다.

‘3시간. 3시간까지는 기다려봄 직해.’

그의 계산에 아무리 오차가 있다 하더라도, 3시간을 채우기 전에는 낙오자가 망각의 문 앞에 모습을 드러내야 했던 것이다.

반대로 어떤 경우에도 3시간 만에 발러 길드가 무사히 혼령의 탑을 클리어하고 나올 일은 없었으니, 3시간까지는 게스토 길드에게 안전한 시간이라고 할 수 있었다.

‘최악의 경우 발러 길드가 혼령의 탑을 클리어한다 해도, 낙오자는 나올 수밖에 없어. 9층에 있는 제이칸은…… 정말 미친 괴물이니까.’

하지만 어느정도 확신에 가까운 결론을 내렸음에도 불구

하고, 10분이 지나고 20분이 지날수록 점점 더 초조해지는 카브리엘의 눈동자.

그런데 그렇게, 40분 정도가 더 흘렀을까?

우우웅-!

발러 길드의 원정대가 혼령의 탑에 들어선 지 정확히 2시간 50분 정도가 지났을 무렵.

우우웅-!

미동도 않던 시커먼 망각의 문이 드디어 진동하기 시작했고, 그것을 발견한 카브리엘과 게스토 길드원들은 반사적으로 자리에서 벌떡 일어섰다.

발러 길드의 마스터 아르케인은 지금 트라이 중인 이 '혼령의 탑'이 분명 망각의 강을 건너기 위해 클리어해야 하는 키 콘텐츠라고 확신하고 있었다.

그리고 그 근거는 지금껏 발러 길드가 수집해 온 정보들과 이안으로부터 얻은 '혼령의 날개'에 대한 정보였다.

'고대 영웅 슈란은…… 분명 이 망각의 심연에서 얻은 아티펙트의 힘으로 레테를 넘었다 했었지.'

고대 영웅 슈란은 카이몬 제국의 역사서에 나오는 고대 영웅 중 하나였다.

전장에서 억울하게 전사한 뒤, 명계의 명왕에게 인정을 받고, 다시 인간계에서 부활했다는 신화를 가진 전설적인 고대 영웅.

발러 길드가 찾아낸 고서에 의하면, 슈란은 이 망각의 심연에서 레테를 건널 수 있는 아티펙트를 얻었다 하였고, 망각의 심연 안에서 그러한 아티펙트를 얻을 수 있을 만한 곳은 이 혼령의 탑 한 곳뿐이었다.

그리고 이 정도의 근거라면 아르케인이 확신을 가지는 것도 무리는 아니었다.

'아마 고서에 나왔던 그 아티펙트가…… 혼령의 날개일 테고 말이지.'

그 때문에 9층 클리어의 고지를 목전에 둔 지금, 아르케인은 점점 더 흥분할 수밖에 없었다.

정황상 혼령의 탑 최초 클리어는 자신들이 분명했으니 말이다.

그가 생각하기에 이 혼령의 탑 난이도에 비벼 볼 수 있는 수준의 길드는 로터스와 칼데라스, 그리고 천웅과 다크블러드 정도였는데.

로터스는 알다시피 명계에 대한 정보가 많이 부족한 상황이었으며, 천웅과 다크블러드 또한 현재 명계보다는 기계문명과 엘라시움의 콘텐츠들 위주로 진행 중이었으니, 아르케인의 판단으로는 만약 발러 외에 혼령의 탑을 깰 만한 길드가 있다면 칼데라스 한 곳뿐이었다.

하지만 그 칼데라스 또한 혼령의 탑을 공략하고 있을 확률은 희박하였다.

명계에서 칼데라스의 거점은 망각의 심연이 위치한 지역의 정반대인 레테의 동쪽 끝이었고, 물리적으로 거점을 거기에 둔 상태로 혼령의 탑을 공략하는 것은 불가능한 일이었으니 말이다.

아르케인은 사실상 이 네 길드를 제외하고는 경쟁 상대로 생각조차 하지 않고 있었으니, 다음과 같은 결론이 도출된 것이다.

'후후, 드디어 명계 콘텐츠에서 칼데라스보다 앞서 볼 수 있는 기회야.'

하지만 이러한 정보들에 근거한 아르케인의 이 확신은 결과적으로 절반 정도만 맞는 것이었다.

칼데라스가 혼령의 탑에 대해 알지 못하는 것은 사실이었지만, 그렇다고 해서 그들이 아직 레테를 건널 단서를 찾지 못한 것은 아니었으니 말이다.

대외적으로 알려져 있지는 않았지만, 칼데라스는 이미 2주 전쯤 레테를 건넜던 것이다.

그리고 한 가지 더, 아르케인의 예상이 빗나간 부분은 한 가지가 더 있었다.

그것은 발러 길드와 이안이 혼령의 탑 9층을 클리어한 직후 알게 될 사실이었다.

띠링–!

–파티 리더 '아르케인'이 다섯 번째 제단에 불을 붙였습니다!

눈앞에 번쩍 떠오르는 한 줄의 새하얀 시스템 메시지.

그것을 확인한 아르케인은 감격에 찬 표정이 되었다.

"드디어……!"

치열한 혈투 끝에 9층의 모든 명왕의 기사들을 잠재우고, 결국 9층의 다섯 개 제단에 전부 불을 붙이는 데 성공했으니 말이었다.

게다가 이어진 시스템 메시지의 내용은 아르케인을 더욱 흥분시켰다.

–혼령의 탑에 존재하는 마흔 다섯 개의 제단이 전부 불타오릅니다.

–조건이 충족되었습니다!

–'혼령의 제단 9층'을 성공적으로 공략하셨습니다!

혼령의 탑 마흔 다섯 개의 제단이 전부 불타오른다는 메시지가 떠오른 것으로 미루어볼 때, 10층에는 더 이상 관문이 없을 확률이 높았으니 말이다.

저 메시지의 내용대로라면, 9층의 다섯 번째 제단이 혼령의 탑 마지막 제단이라는 의미였으니까.

'크…… 좋았어!'

하지만 이렇게 상기된 아르케인과 발러 길드원들의 표정이 구겨지는 데에는 그리 오랜 시간이 걸리지 않았다.

카일란의 시스템 메시지는 항상 끝까지 읽어 봐야 하는 법이었으니 말이다.

-'혼령의 제단 9층'에 존재하는 모든 몬스터들이 소멸됩니다.

……중략……

-모든 조건이 충족되었습니다.

-봉인된 명왕의 권능이 깨어납니다.

"응……?"

"끝이 아니었어?"

원래대로라면 클리어 메시지와 함께 클리어 등급이 노출되었어야 할 타이밍에, '봉인된 명왕의 권능'이 깨어난다는 생각지도 못했던 메시지가 떠올랐으며.

쿠쿵- 쿠쿠쿵-!

커다란 굉음과 함께 횃불이 붙은 9층의 마지막 제단에서 검붉은 빛이 새어 나오기 시작한 것이다.

–'명왕 라타르칸'의 권능이 깨어납니다.

–라타르칸의 수석 기사단장이 봉인에서 해제됩니다.

쩌정– 쩡– 쩌어억–!

거대한 바위가 갈라지기라도 하듯 커다란 파열음이 울려 퍼짐과 동시에.

"수석 기사단장이라고?"

"뭐……?"

쿠르릉–!

제단에서 활활 타오르던 불길이 점점 더 광포하게 회오리쳤다.

그리고 그 회오리로부터 뿜어 나오는 열풍熱風은 인근에 있던 유저들이 뒤로 밀려날 정도로 강렬하고 뜨거운 것이었다.

"으읍……!"

"뭐, 뭐야……!"

이어서 잠시 후, 제단에서 휘몰아치던 강렬한 불길은 그대로 천장까지 쏘아져 올라가며 거대한 불기둥을 만들었다.

그리고 그 시뻘건 불기둥 안에서.

–내가…… 다시 눈을 뜨게 되는 날이 올 줄이야…….

철컹– 철컹–!

시뻘건 안광을 빛내는 거대한 그림자 하나가 저벅저벅 걸어 나왔다.

-지옥의 기사 '제이칸'이 깊은 잠에서 깨어났습니다.

-제이칸/신화(초월) Lv.1

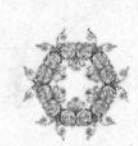

혼령의 탑에 입장한 이안과 발러 길드의 원정대는 총 30명이었다.

그리고 9층의 마지막 페이즈인 '지옥의 기사 제이칸'을 만나기까지, 이 30명은 단 한 명의 낙오 없이 전원 살아남을 수 있었다.

하지만 그럼에도 불구하고.

꿀꺽-.

아르케인은 저도 모르게 마른침을 집어삼킬 수밖에 없었다.

"신화 등급의 보스라니……."

10층으로 향하는 계단 앞에 나타난 '제이칸'의 위용이, 지금껏 보지 못한 수준의 것이었으니 말이었다.

-망각의 저주를 넘으려는 어리석은 인간들이여…….

쿠쿵- 쿠쿠쿵-!

—내 친히 그대들을 이 레테의 심연 안에 영원히 묻어 주리라.

고오오오—!

모두에게 공평한 망각의 저주 앞에선, 제이칸의 레벨 또한 초월 1레벨에 불과하였다.

하지만 지금껏 명왕의 기사들을 경험한 이안과 아르케인은 그 초월 1레벨에 큰 의미를 둘 수 없었다.

어차피 이곳에서 레벨은 숫자에 불과할 뿐.

저 '제이칸'이 다른 명왕의 기사들보다 훨씬 강할 것임은 불 보듯 뻔한 사실이었으니 말이다.

그 때문에 제이칸을 확인한 이안과 아르케인의 시선은 동시에 훈이를 향할 수밖에 없었다.

훈이라면 혹시 '지옥의 기사'에 대한 정보를 조금이라도 알고 있지 않을까 생각되었으니 말이다.

그리고 다행히도 훈이는 '제이칸'을 어느 정도 알고 있었다.

"내가 아는 그 제이칸이 맞다면…… 역시나 위험한 녀석이야."

"네가 아는 제이칸이, 어떤 제이칸인데?"

이안의 물음에 훈이가 다시 입을 열었다.

"자신의 주인, 라타르칸을 배신했던 배덕의 기사."

"음……?"

"라타르칸을 배신하여 그를 소멸시키고, 자신이 칠대명왕의 일좌에 앉으려 했던 기사단장."

"오호……?"

하지만 훈이의 말은 더 이상 이어질 수 없었다.

고오오오-!

그의 말을 들은 제이칸이 더욱 분노하기 시작했으니 말이었다.

-놈……! 하찮은 중간자 녀석이, 대체 뭘 안다고 그 입을 놀리는가!

"……!"

-내 친히 네놈의 그 하찮은 영혼부터 갈가리 찢어 주리라!

대신 이안을 비롯한 원정대원들은 이로서 한 가지 사실을 확신할 수 있었다.

"그 제이칸이 맞네."

"그러게."

분노한 제이칸의 반응으로 미루어 볼 때, 훈이가 알고 있는 그 기사단장 제이칸이 눈앞의 이 녀석이 맞다는 사실을 알 수 있었던 것이다.

"최대한……! 최대한 보수적으로 움직여야 해 모두!"

"그건 또 무슨 말이야?"

"녀석은 강화된 '영혼잠식'을 사용하거든."

"영혼……잠식이라고?"

훈이의 이야기를 들은 이안은 살짝 당황한 표정이 되었다.

영혼잠식은 이안이 너무도 잘 알고 있는 고유 능력이었으니 말이다.

"발록이 쓰는 그거…… 맞아?"

"그래. 그거 말하는 거야."

이안의 마수인 크르르도 가지고 있는 발록의 대표적인 고유 능력인 영혼잠식.

영혼잠식

강력한 마력을 뿜어내어, 일시적으로 범위 내에 있는 허약한 대상의 영혼을 잠식시킵니다. 피아 구분 없이 생명력이 5% 이하로 떨어진 대상에게 시전 할 수 있으며, 잠식에 성공할 확률은 대상과 시전자의 '지능' 능력치에 따라 결정됩니다. (시전자의 지능/대상의 지능×100)%
지속 시간 동안 대상은 시전자의 명령에 의해 움직이게 되며, 모든 공격 능력이 30%만큼 강화됩니다. 또, 시전자가 사망할 때까지, 영혼이 잠식된 대상은 '무적' 상태가 지속됩니다.
재사용 대기 시간 : 120분
지속 시간 : 30분

게다가 '강화된' 영혼잠식 이라는 훈이의 말로 미루어 볼 때, 제이칸의 이 고유 능력이 발동하기 시작한다면 원정대는 그대로 전멸할 게 분명하였다.

보수적으로 움직이라는 훈이의 말은 최대한 생명력을 뺏기지 말라는 이야기였던 것이다.

"강화된 영혼잠식이면…… 시전 조건이 완화되는 거야?"

이안의 물음에 훈이가 고개를 저으며 답했다.

"나도 그거까진 몰라. 다만 잠식된 영혼의 강화 효과는 두 배도 넘게 강력할 거야."

훈이의 답을 들은 이안의 머리가 빠르게 회전하였다.

최대한 근접하게 영혼잠식의 스펙을 짐작해야, 이 마지막 관문을 클리어할 수 있을 테니 말이었다.

'이 혼령의 땅 안에서는 생명력이 5% 미만으로 떨어지면 밖으로 튕겨 나가게 돼. 그러니 강화된 영혼잠식의 발동 기준은…… 무조건 5%보다 더 높은 수준일 거야.'

그리고 이안이 머리를 굴리는 동안, 분노한 제이칸이 훈이를 향해 달려들기 시작하였다.

쿵- 쿵- 쿵-!

이어서 등 뒤에 메고 있던 거대한 대검을 뽑아 든 제이칸이 허공으로 크게 검을 치켜들며 커다랗게 포효하였다.

-나의 기사단이여……! 죽음의 맹약에 응답하라!

검붉은 기운을 한 가득 머금은 제이칸의 검이 바닥에 힘껏 내리박혔다.

콰콰쾅-!

이어서 제이칸의 주변으로 낯익은 실루엣을 가진 그림자들이 하나둘 모습을 드러내었다.

우웅-! 우웅-!

그리고 그 면면을 확인한 아르케인의 표정은 살짝 굳어질 수밖에 없었다.

"명왕의 기사들……!"

제이칸조차 얼마나 강력할지 가늠이 되지 않는 판국에, 강력한 명왕의 기사들이 열 기나 소환되었으니 말이었다.

쩌정-!

하지만 어쩐 일인지, 아르케인과 달리 이안의 표정은 오히려 살짝 밝아져 있었다.

"……!"

저 견고해 보이는 제이칸을 파훼할 방법이 순간 머릿속에 떠올랐으니 말이었다.

이안이 예상했던 대로.

아니, 이 전장에 있던 모두가 예상했던 그대로.

제이칸의 전투 능력은 '규격 외'라 할 만큼 강력한 것이었다.

그의 검이 휘둘러질 때마다 휘몰아치는 검풍劍風의 영역 안에만 잘못 들어가도, 한 번에 생명력이 절반 가까이 깎일 수준이었으니 말이었다.

콰아아아-!

-쥐새끼마냥 도망만 다닐 텐가!

심지어 난이도를 더욱더 지옥같이 만들어 주는 것은 제이칸이 소환하여 탑승한 검보랏빛의 유령마였다.

'칼로스키아'라는 이름을 가진, 명왕의 기사들이 타고 있는 유령마 타노스키아와는 또 다른 외형의, 사납고 강력한 유령마.

게다가 어느 정도 정보가 있는 타노스키와 달리, 칼로스키아는 언데드에 빠삭한 정보를 가진 훈이조차도 처음 보는 유령마였다.

그 때문에 처음 녀석이 소환된 순간, 발러 길드의 원정대는 큰 위기를 한 번 겪어야만 했다.

–제이칸의 유령마 '칼로스키아'의 고유 능력, '유령군림'이 발동합니다.

–모든 파티원의 스킬 재사용 대기 시간이 50초 만큼 증가합니다.

"뭐라고……?"

"미친!"

–'언데드' 타입을 가진 모든 적들의 물리 공격력이, 60초 동안 80%만큼 증가하였습니다.

–'언데드' 타입을 가진 모든 적들의 고유 능력이, '즉시 사용' 가능 상태로 변경됩니다.

"뭐 이런 사기적인 스킬이……!"

유저들의 입장에서는 알 방법이 없었지만, '유령강림' 고유 능력은 사실 1회성 스킬이었다.

처음 소환되는 순간에만 한 번 발동하여 강력한 효과를 전장에 부여하는 무척이나 제한적인 스킬이었던 것이다.

물론 소환 해제 후 재소환 시 다시 발동시킬 수는 있겠지만, 어지간해서는 한 번의 전장에서 두 번 이상 발동키기 힘든 스킬이었던 것.

그러한 제한성 때문에 유령강림은 어마어마한 스펙을 갖고 있었고, 그것은 발러 길드의 전력을 뒤흔들어 놓기에 충분한 것이었다.

"싹 다 뒤로 빠져!"

"어떻게든 50초를 버티라고!"

제이칸을 비롯한 명왕의 군단은 모든 고유 능력이 장전된 반면, 모든 유저들은 스킬 사용이 50초 뒤로 밀린 상황이었으니 지금 전투를 벌이는 것은 자살행위나 다름없었던 것이다.

하지만 그나마 다행인 것은 이 유령강림의 효과도 '저항'이 가능하다는 점이었다.

스킬의 재사용 대기 시간을 밀어 버리는 효과도 저항력 스텟으로 저항이 가능하였고, 저항에 성공한 유저들이 있었기에 그나마 대응할 수 있었다.

-크하하핫! 모조리 다 죽여 주마!

제이칸은 신나서 날뛰기 시작하였고, 발러 길드원들은 그 공격을 피하고 버티기에 급급하였다.

쿵-!

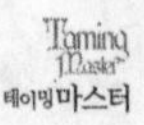

콰아앙-!

이 와중에 생명력이 절반 밑으로 떨어진다면, 언제 제이칸의 '영혼잠식' 고유 능력이 발동될지 모르는 것이었으니.

모든 정신력을 생명력을 유지하는 데 집중시킬 수밖에 없었던 것이다.

'50초라…… 진짜 거지같이도 시간이 안 가는군.'

이안은 제이칸의 영혼잠식 발동을 막기 위해, 필사적으로 그의 어그로를 끌기 시작하였다.

아무래도 평범한 길드원들보다는 이안에게 어그로가 쏠리는 것이 훨씬 더 버텨 낼 확률이 높았으니 말이다.

물론 이것은 엄청난 리스크를 동반하기도 하였다.

"위험합니다, 이안 님! 그러다가 한 번 삐끗하기라도 하면……!"

걱정 어린 눈으로 이안을 응시하는 아르케인.

아르케인은 물론 이안의 실력을 확실히 신뢰하고 있었다.

하지만 제이칸의 '영혼잠식' 발동 조건이 생명력 몇 % 미만인지도 확실치 않은 상황에서, 만약 실수로 이안의 영혼이 잠식되어 버린다면, 그대로 공략은 실패하게 되는 것이니 말이다.

일반 길드원 하나가 영혼잠식에 걸려도 어마어마하게 위협적이었는데, 이안이 제이칸에게 잠식당하여 반대편에서 날뛰기 시작한다고 생각하면, 원정대 입장에서는 그대로 전멸이나 다름없는 상황이 올 테니 말이었다.

하니 아르케인의 걱정은 어찌 보면 당연한 것.

하지만 그 걱정에도 불구하고, 이안은 자신의 포지션을 바꿀 생각이 없었다.

이안 또한 그 리스크를 모르는 것은 아니나, 한 가지 꿍꿍이를 따로 가지고 있었으니 말이었다.

'조금 도박수이긴 하지만…… 어차피 이 방법이 아니라면 승산은 희박해.'

타탓-!

아르케인의 걱정에도 불구하고, 오히려 더 공격적으로 제이칸에게 달려드는 이안.

-크흐흐! 제법 용기 있는 녀석이로다!

그런 이안의 행동에 아르케인은 살짝 당황했으나, 그것은 잠시일 뿐이었다.

다른 유저도 아닌 이안이 저렇게 행동하는 데에는 분명한 이유가 있을 것이라고 생각하였고, 여기서 이안을 다시 만류하는 것보다는, 그를 서포팅하는 게 승산을 높여 줄 것이라는 판단을 한 것이다.

이안을 서포팅하면서 그의 움직임을 최대한 이용하여, 파티원 전체의 안정성을 더 높이기로 생각한 것.

"사제 클래스들은 어떻게든 이안 님을 지키도록!"

"탱커들도 한 번씩 어그로만 당겨 주고, 안전거리를 유지

해!"

그리고 그러한 아르케인의 재빠른 오더에, 이안은 속으로 감탄할 수밖에 없었다.

'역시 발러 길드의 마스터라는 건가?'

아르케인의 판단과 움직임은 이안이 원했던 최상의 것이었으니 말이다.

'좋아. 이러면 더 수월하겠어.'

물론 이안이 세계 최고의 랭커라고는 하지만 지금 이 파티는 결국 발러 길드의 파티다.

만약 아르케인의 속이 좁았더라면, 이안의 독단적인 행동이 아니꼽게 보여도 이상하지 않은 상황.

하지만 아르케인은 오히려 이안을 서포팅하기 시작했고, 이안은 이것을 무척이나 높이 평가하였다.

'이렇게 된 이상, 어떻게든 성공시켜야겠군.'

제이칸의 대검이 날아드는 것을 확인한 이안의 두 눈이, 살짝 반짝였다.

아르케인 덕에 '도박'의 성공률이 조금은 더 올라간 상황.

콰광—!

대검을 피해 낸 이안이 제이칸을 향해 역공을 시작했고, 그것을 확인한 제이칸은 적잖이 당황한 표정이 되었다.

—노옴!

아직 유령강림의 효과가 끝나지도 않은 상황에서, 이안이

거꾸로 자신을 공격할 줄은 생각지 못했던 것이다.

콰쾅- 쾅-!

심지어 아무런 고유 능력 없이 오로지 피지컬만으로 휘둘렀음에도 불구하고, 이안의 심판대검은 제법 아픈 것이었다.

-지옥의 기사 '제이칸'에게 치명적인 피해를 입혔습니다!

피격 대상이 제아무리 강력한 전투 능력을 가진, '제이칸'이라고 할지라도 말이었다.

-'제이칸'의 생명력이 1,912만큼 감소합니다.

-'제이칸'의 생명력이 2,028만큼 감소합니다.

쿠웅-!

이안의 연속된 검격에 정통으로 피격당한 제이칸의 생명력은 거의 10% 가까이 줄어들었고, 제이칸의 입장에서 이 정도 피해는 상상조차 하지 못했던 것.

하지만 제이칸은 더 이상 당황하지 않았다.

오히려 이안을 응시하는 그의 표정은 히죽 웃고 있었다.

-재밌는 녀석이야. 이거 오랜만에 흥분되는군.

보스 몬스터이기 이전에 기사단장인 제이칸은, 무인으로서의 호승심을 가지고 있었던 것이다.

물론 그런 그의 대사를 들은 이안은 어이없는 표정이 되었지만 말이었다.

"뭐야, 처맞더니 흥분된다고?"

-……!

"너 혹시 변태냐?"

-죽여 주마……!

이안의 말에 더욱 분노한 제이칸이 미친 듯이 검을 휘두르며 이안에게 달려들기 시작하였다.

후웅-.

콰아아아-!

이안은 침착히 제이칸의 공격들을 피해 내며 반격했지만, 그렇다 해서 아무런 피해가 없을 수는 없었다.

-'명왕의 기사'로부터 치명적인 피해를 입었습니다!

-생명력이 920만큼 감소합니다!

-파티원 '루리스'의 고유 능력, '치유의 흐름'이 발동합니다.

-생명력이 580만큼 회복됩니다.

-생명력이 580만큼 회복됩니다.

-강력한 검풍으로 인해 생명력이 감소합니다!

-생명력이 1,201만큼 감소하였습니다.

……후략…….

이안이 제이칸을 상대하는 동안 그가 소환한 명왕의 기사들이 가만히 있지 않았고, 때문에 힐러들의 전폭적인 지원을 받음에도 불구하고 이안의 생명력은 야금야금 줄어들었던 것이다.

'역시 강하군. 곧 생명력이 절반까지도 내려가겠어.'

하지만 이안의 생명력이 줄어들수록 더욱 조급해지는 발러 길드원들과 달리, 이안은 무척이나 침착한 표정이었다.

사실 그의 생명력이 조금씩 줄어드는 형국은, 어느 정도 그의 의도 안에 있는 상황이었으니 말이다.

'45…… 46…….'

오히려 이안은 치열한 전투 속에서도, 정확히 시간을 재고 있었다.

유령강림으로 인해 밀린 50초라는 재사용 대기 시간.

그 시간이 끝나는 시점을 정확히 파악하기 위해서 말이다.

그리고 그 50초라는 시간이 끝나는 순간.

"차핫-!"

한 차례 기합성을 내지른 이안이 그대로 제이칸의 검풍을 향해 뛰어들었다.

그리고 이안의 그 돌발 행동에, 이번에는 아르케인 또한 저도 모르게 탄성을 터뜨릴 수밖에 없었다.

"아앗!"

아무리 이안이라 해도 저 검풍을 뚫고 들어가는 순간, 생명력이 절반 이하로 뚝 떨어질 게 뻔했으니 말이다.

동시에 당황한 훈이 또한 이안을 향해 소리쳤다.

"형, 미쳤어? 영혼잠식 생각해야지!"

이안이 제이칸을 향해 도약한 그 찰나의 순간, 마른침을 꿀꺽 삼키며 그를 응시하는 발러 길드의 원정대원들.

그리고 그들이 우려했던 상황은 결국 벌어지고 말았다.

-크하하하핫! 어리석은 놈……!

자신을 향해 달려드는 이안을 확인한 제이칸이 광소를 터뜨리며 양팔을 번쩍 치켜든 것이다.

고오오오-!

이어서 제이칸의 두 눈은 붉게 빛나기 시작하였고, 그의 주변으로 시뻘건 기류가 휘몰아치기 시작하였다.

-지옥의 기사 '제이칸'이 고유 능력 '영혼잠식(강화)'를 사용합니다.

-강력한 어둠의 영혼이 나약한 영혼을 집어삼킵니다.

쿠구궁-!

훈이가 처음부터 우려했던, 그리고 이 전장의 모두가 걱정했던 고유 능력인 영혼잠식.

그것이 그 누구도 아닌 이안을 향해 발동하였고, 그것은 곧 이 전투에 패색이 짙어짐을 의미하는 것.

하지만 당황한 표정이던 훈이는 곧 이상함을 느낄 수 있었다.

'뭐지? 설마, 이것까지도 의도였나?'

영혼잠식이 발동했음에도 불구하고 이안의 움직임에는 전혀 흐트러짐이 없었고.

그 말인 즉, 이안은 이미 이 상황을 예상하고 있던 것으로 보였으니 말이었다.

'대체 어쩌려는 거지?'

초조함과 불안.

그리고 호기심이 공존하는 훈이의 눈동자.

하지만 훈이 눈동자에 뒤얽힌 그 감정이 '경악'으로 바뀌는 데에는 그리 오랜 시간이 걸리지 않았다.

우우웅-!

이안의 뒤편에서 명왕의 기사들을 상대하고 있던 루가릭스와 엘카릭스.

두 쌍둥이 남매의 손이, 이안을 향해 번쩍이기 시작했으니 말이다.

"……!"

-파티원 '이안'의 소환수 '루가릭스'의 고유 능력, '비상한 두뇌'가 발동합니다.

-파티원 '이안'의 소환수 '엘카릭스'의 고유 능력, '비상한 두뇌'가 발동합니다.

—파티원 '이안'의 소환수 '루가릭스'의 고유 능력, '지식전이智識轉移'가 발동합니다.

—파티원 '이안'의 소환수 '엘카릭스'의 고유 능력, '지식전이智識轉移'가 발동합니다.

"미친……?"

두 드래곤으로부터 뻗어 나온 새하얀 빛이 이안에게 빨려 들어간 순간, 제이칸의 대검에서 뻗어 나온 잠식의 기운이 이안을 휘감았고.

고오오오—!

이어서 믿을 수 없는 한 줄의 메시지가 모든 파티원들의 눈앞에 떠올랐다.

띠링—!

—파티원 '이안'이 '제이칸'의 고유 능력 '영혼잠식'에 저항하였습니다!

영혼잠식은 무척이나 강력한 고유 능력이다.

발록류를 제외한다면 지금껏 태생적으로 영혼잠식을 가진 몬스터는 손에 꼽을 수 있을 정도.

하지만 그 효과가 강력한 만큼, 영혼잠식에 성공하는 것은 제법 까다로운 일이었다.

대상의 영혼을 잠식하기 위해서는 몇 가지 조건이 충족되어야 했으니 말이었다.

우선 생명력이 5% 미만으로 떨어진 대상에게만 시전이 가능했으며, 생명력 조건을 충족했다고 해도 무조건 잠식에 성공하는 것이 아니었으니 말이다.

영혼잠식 성공률을 높이기 위해선, 잠식시킬 대상보다 지능이 높아야만 했다.

영혼잠식 성공률 = (시전자의 지능/대상의 지능×100)%.

쉽게 말해 시전자의 지능이 100이고, 대상의 지능이 200이라면, 영혼잠식에 성공할 확률은 50%가 되는 것.

그런데 여기서 한 가지 함정이 있다.

수식상으로만 보면 자신보다 지능이 2배 높은 대상을 상대로 영혼잠식을 발동시키더라도, 50%의 확률로는 잠식을 성공시킬 수 있다는 건데, 결코 그렇지 않았으니 말이다.

공식 카페에서 가장 유명한 마수 소환술사 중 하나는 다음과 같은 이야기를 한 적이 있었다.

—상위 레벨의 필드일수록, 몬스터에게 영혼잠식 성공률을 올리기 위해서는 반드시 발록의 저항 관통 능력을 극대화시켜야만 합니다. 대상의 저항력을 전부 다 관통해 내지 못한다면, 영혼잠식의 성공률이 급격히 줄어들거든요.

사실 저항력과 저항 관통 능력. 그리고 영혼잠식 성공률에 대한 상관관계는 아직 공식적으로는 밝혀진 바가 없었다.

다만 저항력이 강한 상대일수록, 영혼잠식을 성공시킬 확률이 급격히 낮아진다는 체감만 알려져 있을 뿐.

하지만 그 상관관계에 대해 정확히 알려져 있지 않다는 것은 공식적인 내용일 뿐이었고, 이안을 비롯한 마수 연구가들에게는 해당 사항이 없는 이야기였다.

연구와 시행착오를 통해 알아내지 못하는 수식이란 거의 존재치 않는 것이었으니 말이다.

특히 이런 수식에 무척이나 민감한 이안의 경우에는 크르르를 파티에 넣은 지 한 달이 채 되지 않았을 때, 그 상관관계를 알아냈었다.

'그때 알아낸 걸 이런 식으로 쓰게 될 줄이야.'

기본적으로 카일란에서 저항력과 저항 관통력은 덧연산으로 계산된다.

피격자의 저항력에서 공격자의 저항 관통력을 뺀 만큼이, 피격자에게 남는 저항력이었으니 말이다.

그리고 이안이 알아냈던 이 저항력과 영혼잠식 성공률의 상관관계는 다음과 같은 것이었다.

–지능 차이로 결정된 영혼잠식의 성공률에서 최종적으로 대상의 저항력(공격자의 저항 관통이 차감된 이후의 저항력 수치)이 차감되며, 그렇게 계산된 퍼센트가 영혼잠식이 성공할 최종 확률이다.

사실 이러한 수식은 일반적인 유저들에게는 그리 중요하지 않은 것일지도 모른다.

어쨌든 영혼잠식에 저항하기 위해서는 저항력을 최대한 올려야 하며, 상대를 잠식시키기 위해서는 저항 관통력을 최대한 올려야 하는 것이었으니.

그때그때 체감으로 게임을 해도, 별로 달라질 것이 없었으니 말이다.

게다가 발록류의 소환수를 부릴 수 있는 유저도 그리 많지 않았던 탓에, 커뮤니티에서 공론화된 적이 한 번도 없는 것.

하지만 이안은 이 수식을 무척이나 중요하게 생각했다.

그리고 그 이유는 다른 것이 아니었다.

'저항력과 저항 관통력을 잘만 컨트롤하면, 영혼잠식 확률을 변수 없이 0이나 100에 수렴시킬 수 있으니까.'

만약 저항력과 저항 관통 스텟이 영혼잠식 성공률에 곱연산으로 계산된다면, 영혼잠식에 100% 성공이나 100% 실패라는 확률은 존재하지 않을 것이다.

공격자와 피격자 중 하나의 지능이 0이 아닌 이상, 조금이라도 확률이 남을 수밖에 없으니 말이다.

하지만 이 수식 관계가 덧연산이기 때문에, 다음과 같은 경우가 존재하게 된다.

1. 만약 차감된 이후의 성공률이 100% 이상이라면 영혼잠식은 무조건 성공하게 된다.

2. 만약 차감된 이후의 성공률이 0% 미만이라면, 영혼잠식은 무조건 실패하게 된다.

지능 차이로 계산된 상대의 영혼잠식 성공률보다 자신의 저항력을 더 높게 올릴 수 있다면, 변수 없이 영혼잠식에 저항하게 되는 것.

하지만 그런 사실들을 안다고 한들 지금 이안의 상황에서, 제이칸의 영혼잠식에 저항해 낸 다는 것은 무척이나 어려운 일이다.

표면적으로 기사 클래스라고 해도 제이칸과 같은 네임드 보스라면, 마법사 랭커보다도 지능이 훨씬 더 높은 수준일 테니 말이다.

저항력 스텟을 아무리 많이 맞춰 봐야 다른 스텟을 완전히 포기한 세팅이 아니라면, 40% 이상 세팅하는 것은 불가능에 가까웠는데.

이 40% 정도의 저항력으로 완전히 영혼잠식을 막아 내려면, 제이칸보다 지능이 2.5배는 높아야 했으니 말이다.

그리고 너무 당연한 얘기겠지만, 아무리 이안이라 해도 그 수준의 장비 세팅이 가능할 리 없었다.

이안이 마법사처럼 지능 스텟에 몰빵된 클래스라면 몰라도 말이다.

하지만 그것은 단지 '일반적인 경우'에서일 뿐.

이안은 한계를 초월해 낼 수 있는 방법을 찾아내었다.

그 어떤 종족보다도 높은 지능을 가진 종족.

'마법의 일족'이라고도 불리는 강력한 드래곤들이 이안의 소환수였으니 말이다.

이안은 소환수들의 고유 능력과 마법의 힘을 빌려, 일시적으로 한계를 초월한 지능 스텟을 만들어 내었다.

비상한 두뇌(강화)

자신의 '힘' 능력치의 65%만큼 '지능' 능력치가 추가로 증가하며, 모든 고유 능력의 재사용 대기 시간이 15%만큼 감소합니다.

지식전이智識轉移

자신의 '지능' 능력치의 75%만큼을 일시적으로 대상에게 전이시킵니다.(10초)
지식전이가 작동하는 동안 시전자의 지능 능력치는 절반으로 감소하며, 모든 스킬의 재사용 대기 시간 회복 속도가 30%만큼 둔화됩니다.

이안에게는 많은 드래곤 소환수가 있지만, 그중 이안을 구원(?)해 준 것은 엘카릭스와 루가릭스. 두 쌍둥이 드래곤이었다.

비상한 두뇌 고유 능력은 대부분의 드래곤이 사용할 수 있는 능력이었으나, '지식전이' 고유 능력은 용언 마법의 카테고리에 있는 마법이었으니 말이다.

어지간한 마법사들보다 높은 지능 스텟을 가진 두 신화 등급의 드래곤.

그 둘이 비상한 두뇌를 사용하여 자신의 지능을 더욱 강화하고, 강화된 지능을 '지식전이'를 활용하여 동시에 이안에게 몰빵해 주었으니.

일시적으로 이안은 말도 안 되는 수준의 지능 스텟을 가질 수 있게 된 것이다.

그리고 이안의 이러한 시도는 무척이나 기발한 것이었다.

'지식전이를 저렇게 쓸 생각을 하다니……!'

일반적으로 지식전이는 마법사의 파괴력을 순간적으로 강화시킬 때 많이 쓰는 고유 능력이었지, 이렇게 방어적으로 사용하도록 만들어진 능력이 아니었으니까.

하지만 결과적으로 이안의 이 기발한 시도는 너무도 완벽히 먹혀 들어가고 말았다.

지잉-!

이안을 향해 쇄도하던 붉은 빛줄기는 그대로 허공에 튕겨 나갔으며.

-이, 이럴 수가!

너무 당연히 성공하리라 생각했던 영혼잠식이 저항당하자, 제이칸은 그대로 휘청거릴 수밖에 없었던 것이다.

순간적으로 모든 사고가 일시 정지되어 버린 제이칸.

이 틈을 놓칠 이안이 아니었다.

쐐애액-!

영혼잠식을 저항해 낸 이안이 허공으로 도약하자, 후방에서 쏜살같이 날아온 아이언이 이안을 태우고 쇄도했다.

이어서 주춤거리는 제이칸을 향해, 이안의 심판 검이 그대로 날아들었다.

퍼퍽-콰아앙-!

그리고 이안의 검격을 흉부에 직격당한 제이칸은 그대로 바닥에 나뒹굴 수밖에 없었다.

아무리 방어 스텟이 높다 해도, 이렇게 무방비 상태에서 치명적인 타격을 맞는다면, 일시적으로 어마어마한 충격을 받을 수밖에 없었으니 말이다.

-크허어억……!

유령마의 안장에서 떨어져 나뒹굴며, 고통스런 비명을 지르는 제이칸.

물론 제이칸의 생명력은 아직 80%도 넘게 남은 상황이었지만, 이안의 이 한 수는 승기를 가져오는 데 충분한 것이었다.

"공격 태세로 전환하라!"

"죽은 영혼의 사슬을 최대한 활용해!"

발러 길드의 원정대를 보수적으로 움직일 수밖에 없도록 만들었던, 제이칸의 '영혼잠식'이라는 카드가 허공으로 증발했으니, 아르케인이 그 기회를 놓치지 않고 폭풍같이 오더를 내리기 시작한 것이다.

그리고 한 번 휩쓸리기 시작한 제이칸과 그의 기사단은 천천히 몰락할 수밖에 없었다.

-크어어억……!

-이 거머리 같은 놈들! 떨어져!

원정대의 집중포화가 명왕의 기사 하나에 집중되자, 그가 입은 피해는 제이칸을 포함한 기사단원 전체에 분산되었고.

그렇게 누적된 피해량은 결국 제이칸까지도 죽음에 이르게 만든 것이다.

-커헉!

발러 길드의 맹공에 의해 10% 수준까지 떨어진 제이칸의 생명력 게이지.

이어서 그 위로 떨어져 내린 커다란 심판의 번개.

우르릉-콰콰콰쾅-!

-크아아! 하찮은 중간자들 따위에 또다시 봉인되다니…….

마지막으로 발악하는 제이칸의 앞에 시커먼 어둠에 휩싸인 훈이의 그림자가 나타났다.

"어둠으로 회귀하라……!"

힘을 잃고 쓰러져 가는 언데드들에게 가장 강력한 위력을 발휘하는 흑마법사의 고위 마법.

훈이의 손에서 펼쳐진 '어둠의 낙인'이 제이칸을 그대로 집어삼킨 것이다.

콰아아-!

이어서 제이칸의 심장에 마지막 일격을 꽂아 넣은 훈이의 눈앞에, 기다렸던 시스템 메시지들이 주르륵 떠오르기 시작하였고.

띠링-!

-지옥의 기사 '제이칸'을 성공적으로 처치하였습니다!

-처치 기여도 : 9%

-보스 처치에 기여한 모든 파티원이 '명왕의 징표 15개'를 획득합니다.

-처치 기여도가 가장 높은 파티원 '이안'이 '제이칸의 파괴갑주' 아이템을 획득하였습니다!

……중략……

시스템 메시지를 확인하던 훈이는 순간 행복에 겨운 비명을 지를 뻔하였다.

-처치 기여도에 따라, 명왕의 징표를 추가로 9개 획득합니다.

-제이칸의 숨통을 끊어 놓은 마지막 공격의 주인공이 되었습니다!

-'혼령의 목걸이(신화)(초월)' 아이템을 획득하였습니다.

-'칼로스키아의 부화석' 아이템을 획득하셨습니다!

……중략……

"미, 미친!"

막 타를 치면서 솔직히 어느 정도 기대하기는 하였지만, 생각지도 못했던 대박을 두 개나 건졌으니 말이다.

'혼령의 목걸이라니……! 이건 경매장에도 올라온 적 없던 장비잖아?'

신화 등급의 초월 장비라는 사실만으로도 일단 대박이었는데, 거기에 '혼령의' 수식어가 붙은 장신구 아이템이었으니, 아마 현 시점 경매장에 가져간다면 부르는 게 값일 수준의 아이템인 것.

게다가 여기서 끝이 아니었다.

혼령의 목걸이와 함께 드롭된 칼로스키아의 부화석은 바로 제이칸이 타고 있던 유령마를 부화시킬 수 있는 부화석이었으니까.

'미쳤다! 내가 이렇게 드롭운이 좋은 적이 없었는데…….'

함지박만한 웃음이 입에 걸린 훈이의 눈앞으로, 계속해서 시스템 메시지가 이어졌지만 훈이는 더 이상 메시지에 관심이 없었다.

드롭 아이템에 대한 메시지는 더 이상 없었던 데다 이미 혼령의 목걸이와 칼로스키아 부화석만으로도 훈이는 더 이상 미련이 없었으니 말이었다.

–모든 조건이 충족되었습니다!

–혼령의 탑을 전부 클리어하셨습니다!

–'망각을 초월한 자' 칭호를 획득하셨습니다!

–혼령의 탑 10층으로 향하는 문이 개방됩니다.

……후략…….

하지만 볼 장 다 본(?) 훈이와 별개로 아르케인을 비롯한 발러 길드의 유저들은 다른 의미에서 점점 더 표정이 상기되고 있었다.

"드디어……!"

시스템 메시지대로라면 드디어 혼령의 탑을 정복한 것이었으며, 탑의 꼭대기엔 그들을 레테의 건너편으로 이동시켜 줄 '혼령의 날개'가 있을 것이라 기대하고 있었으니 말이다.

쿵-!

쓰러진 제이칸의 사체에서 검붉은 빛줄기가 사방으로 퍼져 나갔고, 그 빛의 회오리는 거대한 석벽을 향해 스며 들어갔다.

고오오-!

이어서 석벽에 음각되어 있던 고대의 문양이 붉은 빛깔로 반짝이더니, 천천히 굉음을 일으키기 시작했다.

그긍-그그긍-!

그리고 그 거대한 굉음에, 맞춰.

드르르륵-!

굳건히 닫혀 있던 거대한 석문이 좌우로 천천히 열리기 시작하였다.

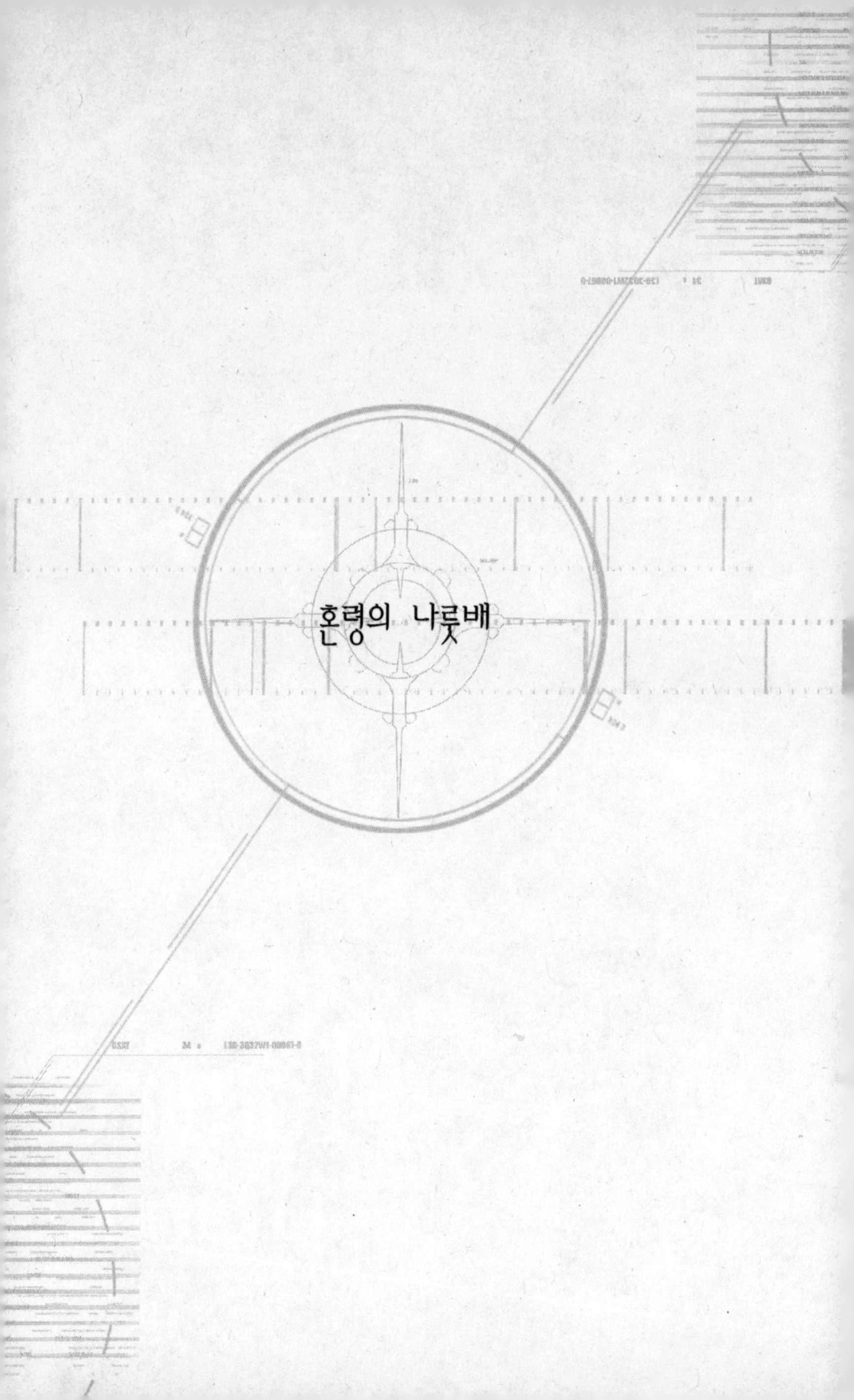

혼령의 나룻배

Taming
Master

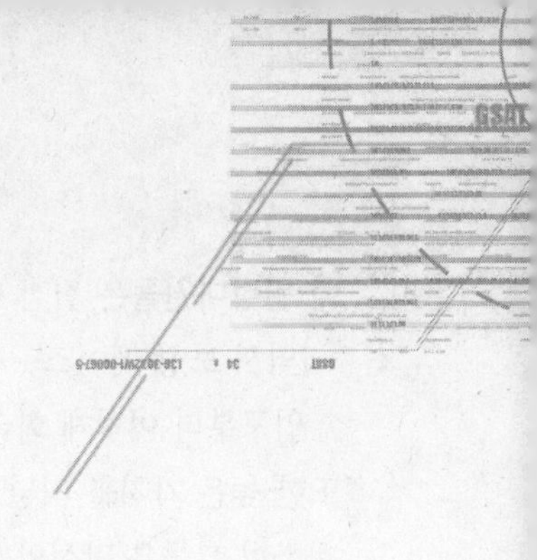

석문이 열리고 하얀 빛이 쏟아져 들어온다.

완전히 찬란한 백색 빛이라기보다는 살짝 그 빛이 바랜 듯한 회백색의 빛줄기.

그릉-.

쿠구궁-!

빛줄기가 떨어져 내림과 동시에 커다란 굉음이 울려 퍼졌고, 일행의 시야에 짙은 보랏빛의 계단이 펼쳐졌다.

마치 맑고 고운 자수정처럼, 투명한 빛을 영롱하게 뿜어내는 보랏빛의 계단.

그것은 지금까지 보아 왔던 혼령의 탑 다른 층의 계단들과 완전히 다른 화려함이었고, 때문에 이안을 비롯한 발러 길드의 원정대원들은 점점 더 설레기 시작하였다.

'역시 보상 페이즈……!'

입구부터 이렇게 화려하게 치장해 놓은 곳이라면, 그 보상 또한 높은 가치를 지닐 것으로 기대되었으니 말이다.

하여 그들은 망설임 없이 계단을 밟기 시작하였다.

저벅- 저벅-!

이어서 모두가 계단을 전부 올랐을 즈음.

띠링-!

모든 파티원의 눈앞에, 동시에 기다렸던 시스템 메시지가 떠올랐다.

-혼령의 탑 10층에 입장하셨습니다.

-'혼령의 유적'이 개방됩니다.

"결국 성공했군."

"그러게 말입니다."

"하지만 뭐, 충분히 예상했던 결과니까."

"정말 팀장님 말씀이 맞았네요. 이안과 훈이 둘이 추가됐다고…… 바로 혼령의 탑이 클리어될 줄은 몰랐거든요."

거의 1시간도 넘는 시간 동안, 손에 땀을 쥐고 혼령의 탑

공략 영상을 모니터링한 기획 3팀의 팀원들.

어찌나 집중했던지 팀원들은 전부 진이 빠진 표정이었지만, 사실 이번 모니터링은 완전히 업무의 일환이라고 하긴 애매했다.

솔직히 혼령의 탑 클리어 여부를 확인하는 데에는, 이렇게 모든 팀원들이 모니터링해야 할 이유가 없었으니 말이다.

그저 랭커들의 플레이와 영상미에 집중하여, 저도 모르게 다들 집중하여 시청했던 것뿐.

그 때문에 팀원들의 표정은 업무에 찌들어서 지친 표정이라기보다는 긴박한 영화를 본 뒤 진이 빠져 있는, 그런 표정이라 할 수 있었다.

"후후, 하지만 나도 마지막에 이안이 그런 식으로 보스를 파훼할 줄은 몰랐어."

"역시 그렇군요."

"지식전이를 활용해서 영혼잠식을 정면으로 돌파할 생각을 하다니…… 역시 이안은 이안이야."

"아르케인의 대응도 엄청 좋았던 것 같아요."

"그렇지. 만약 아르케인이 빠르게 반응해 주지 못했다면, 아무리 이안이 영혼잠식을 파훼했다고 한들, 단번에 제이칸을 처치하진 못했겠지."

모니터링을 마치고 자리에서 일어서는 나지찬.

그의 표정은 처음 이안과 훈이를 발견했을 때와 달리, 다시 여유를 찾은 표정이었다.

'후후, 우연찮게 재밌는 구경을 했어.'

너무 의외의 인물들이 발러 길드의 영상에서 등장했기에, 처음에는 적잖이 당황한 것이 사실이었지만, 결과적으로 대응이 힘들 정도의 어떤 변수가 생긴 것은 아니었으니 말이다.

일단 가장 중요한 첫 번째 이슈는 '혼령의 탑'이 클리어되었다는 점.

만약 발러 길드의 혼령의 탑 클리어가 2주일쯤 전이었다면, 이것은 엄청나게 급박한 이슈였을지도 모른다.

그때는 칼데라스 길드의 랭커들이 레테를 건너기 전이었으며, 그 말인 즉 발러 길드에서 망각의 강을 최초로 건너는 상황이 되는 것이니 말이다.

'아마 그랬더라면…… 혼령의 나룻배가 강을 건너는 동안, 난 발에 땀이 나도록 뛰어야 했겠지.'

하지만 지금은 이미 망각의 강 너머 모든 콘텐츠가 준비되어 있는 상황이었으니, 나지찬으로서는 크게 당황할 이유가 없었다.

물론 혼령의 탑에서 쏟아져 나올 유물들이 발러 길드의 길드원들에게 전부 돌아가게 되었다는 부분은, 상위권 길드들의 전투력 밸런스에 약간의 특이점을 가져올 수도 있는 요소이긴 하였다.

하지만 이 또한 크게 판도를 뒤집을 정도는 아니라고 할 수 있었다.

'칼데라스나 로터스에서 독식한 것보다야 낫지, 뭐.'

다만 한 가지 나지찬의 마음에 걸리는 부분은 역시 이안과 관련된 이슈였다.

현존하는 그 어떤 유저보다도, 가장 '초월'의 영역에 가까운 랭커인 이안.

그가 과연 혼령의 탑에서 '날개'에 대한 단서를 찾을 수 있을지가 그의 가장 큰 관심사였던 것이다.

문득 이안을 떠올린 나지찬이 피식 웃음을 흘렸다.

'애초에 이안이 발러 길드 원정대에 합류한 이유가, 아마 혼령의 날개 때문이었겠지.'

나지찬이 웃은 이유는 다른 것이 아니었다.

순간 혼령의 탑 10층에서 혼령의 날개가 없다는 사실을 깨닫고, 당황할 이안이 떠올랐던 것이다.

'흐흐, 아마 거의 확신을 하고 올라왔을 텐데…….'

나지찬은 이안을 제외한 그 누구보다도, 이안에 대한 히스토리를 낱낱이 꿰고 있었다.

그 때문에 이안이 혼령의 날개를 찾고 있다는 사실을 유추하는 것은 그에게 크게 어려운 일이 아니었다.

이안이 '고대 전장의 영웅 I' 퀘스트를 오래 전부터 가지고 있다는 사실은 이미 나지찬이 파악하고 있던 부분이었으니 말이다.

하여 나지찬은 혼령의 날개에 대한 이안의 기대감도 잘 이해하고 있었고, 때문에 그 허탈감까지도 예상이 되었으니, 웃음이 날 수밖에 없었던 것이다.

'그래도 거기에 혼령의 날개에 대한 단서가 있는 건 맞으니…… 한번 잘 찾아보라고, 이안.'

서류 뭉치들을 빠르게 정리한 나지찬은 시계를 한번 확인한 뒤 사무실을 나섰다.

생각 같아서는 이안의 모니터링을 좀 더 하고 싶었지만, 어느새 오전 보고를 올려야 할 시간이 다 되었으니 말이었다.

'이안이 혼령의 날개를 찾기 시작했으니…… 이제 슬슬 신규 프로젝트 론칭을 준비하면 되려나……?'

뜻밖의 재밌는 구경을 한 탓인지, 콧노래까지 흥얼거리며 사무실을 나서는 나지찬.

하지만 이때까지만 해도 그는 알 수 없었다.

보고가 끝나고 돌아온 기획 3팀의 사무실이 초토화되어 있을 것이라는 사실을 말이었다.

혼령의 탑 10층은 말 그대로 보물 창고였다.

'혼령의 유적'이라는 그 이름에 걸맞게 강력한 아티펙트와 장비, 희귀한 아이템들이 즐비했던 것이다.

'역시 유적은 배신하지 않아.'

하지만 아쉬운 것은, 이 유적들을 마음대로 다 쓸어 담을 수 있는 게 아니라는 점.

하여 10층에 도착한 원정대원들은 쉽게 이곳을 떠날 수 없었다.

유적의 유물들을 가져가기 위해 필요한 '재화'는 한정되어 있었는데, 가지고 싶은 물건은 너무도 많았으니, 다들 선택 장애에 빠질 수밖에 없었던 것이다.

모두에게 공통적으로 9개씩 지급된 혼령의 구슬과, 명왕의 군단 처치 시 드롭으로 획득할 수 있었던 명왕의 징표.

이안을 비롯한 모두가 예상했듯, 이 아이템들을 화폐로 유물을 획득할 수 있었던 것이다.

"와……! 대박! 대체 뭘 골라야 되는 거야?"

"후우, 구슬이랑 징표 열 개씩만 더 있으면 좋겠다."

"뭐? 양심 어디 감? 난 딱 세 개씩만 더 있어도…… 헤헤."

그리고 이렇게 행복에 겨운 표정으로 유물 사이를 돌아다니는 발러 길드의 원정대원들 가운데, 그들과 크게 다를 바 없이 비슷한 모양새로 어슬렁거리고 있는 이안.

하지만 이안은 더 좋은 유물을 얻기 위해 고심하는 일반 원정대원들과 조금 다른 상황이긴 하였다.

그래도 유물 한두 개 정도는 골라서 픽스한 다른 이들과 달리, 이안은 가장 많은 자원을 가지고 있음에도 불구하고 아직 유물을 한 개도 고르지 못했던 것이다.

심지어 행복에 겨운 다른 이들의 표정과 달리, 이안의 표정은 점점 더 심각해지고 있었다.

'혼령의 날개……! 혼령의 날개가 없잖아?'

이안이 아직 유물을 고르지 못한 이유는 간단했다.

이곳의 유물이 아무리 좋다 한들, 이안에게는 혼령의 날개가 최우선이었으니 말이다.

무조건 1순위로 혼령의 날개를 교환해서 얻은 뒤에, 남은 자원으로 유물을 선택해야 하는 상황이었는데, 유적의 어디를 봐도 날개 비슷한 물건조차 보이지 않았으니 혼란에 빠질 수밖에 없었던 것이다.

그리고 이안만큼은 아니지만, 옆에 있는 아르케인의 표정도 제법 심각하였다.

"혼령의 날개가…… 없군요, 이안 님."

"후우, 그러게 말입니다. 여기에 있으리라 확신했었는데……."

그저 행복한 일반 길드원들과 달리, 길드 마스터인 아르케인에게 또한 혼령의 날개는 중요했다.

그것이 있어야 이 망각의 강을 건널 수 있다고 착각(?)하고 있었으니, 아무리 좋은 유물이 존재한다고 해도 심각한 표정일 수밖에 없는 것이다.

"혹시 10층의 유적 다음에도 어떤 콘텐츠가 있는 것은 아니겠지요?"

"음…… 설마……?"

고민에 빠져 이런저런 가정을 세우며, 진지한 표정으로 대화를 나누는 이안과 아르케인.

그런데 잠시 후, 그런 그들의 귓전에 놀란 훈이의 목소리가 들려왔다.

"엇! 이게 여기에……?"

혼령의 탑 9층에서 수문장 역할을 하고 있던 지옥의 기사 제이칸.

그는 본래 훈이가 알고 있던 것처럼, 명왕 라타르칸의 기사단장이었다.

명계의 그 어떤 기사단장보다 용맹하고 뛰어난 '죽음의 기사'로 평가받았던, 라타르칸의 충성스런 수석 기사단장.

하여 명왕의 신임을 한 몸에 받은 그는 명계의 모든 전쟁에 항상 선봉으로 임명되었고, 전쟁에서 승승장구할수록, 제이칸의 힘은 점점 더 강대해져 갔다.

그리고 그 결과, 제이칸은 결국 초월의 영역을 넘볼 수 있게 되었다.

중간자의 한계를 넘어 초월자.

즉 입신入神의 경지에 닿을 만큼, 강력한 존재가 되었던 것이다.

하지만 그가 가진 강함의 원천은 탐욕으로부터 기인하는 것이었고, 때문에 결국 제이칸은 배덕의 기사가 될 수밖에 없었다.

-제이칸…… 그 강대한 힘을 가지고 일개 기사단장으로 남기에는 너무 억울하지 않은가?

강함에 대한 욕망 하나로 초월의 힘을 손에 넣은 제이칸에게, 악신의 유혹은 너무 달콤할 수밖에 없었던 것이다.

-일개 기사단장이라…… 이곳 명계 최고위位의 무사武事를 그리 표현하다니, 나는 이미 정점에 도달했다. 이 위에 무엇이 있단 말인가.

-그대는 어찌하여 왕王이 될 생각을 하지 않는가.

-……!

-그대는 이미…… 엘리시움이나 타르타로스의 한 곳을 다스릴 만한 자격을 갖고 있지 않은가?

제이칸은 탐욕스러웠지만, 그와 별개로 명왕의 권속이었다.

그 때문에 이제껏 아무리 큰 탐욕을 가지더라도 주인인 명왕의 위位를 넘볼 생각은 하지 못하였는데.

가슴 속 깊숙한 곳에 억눌려 있던 그 욕망을 악신이 꺼내 놓은 것이다.

라타르칸을 배신하고 그를 처단하여, 칠대명왕의 자리를 손에 넣으라는 달콤한 유혹이 그의 머릿속을 지배하게 된 것.

–그대의 기사단과 함께, 다시 레테를 넘어 회군하라.

하지만 배덕의 마음을 먹었음에도 불구하고, 제이칸에게는 마지막 한 가지 제어장치가 남아 있었다.

–라타르칸 님의 허許가 떨어지지 않는다면, 우리에겐 레테를 넘을 방법이 없지 않은가.

망각의 강 레테는 아무리 명왕의 기사단이라 해도 함부로 넘나들 수 없는 곳이었으니 말이다.

신격을 가진 자를 제외하고는 그 어떠한 존재라 할지라도.

명왕의 허락이 떨어져 '권능의 다리'가 레테의 수면 위로 떠오를 때에만, 이 망각의 강을 건널 수 있었으니.

당장이라도 회군하고 싶었던 제이칸은, 한 번 더 그 배덕의 욕망을 참아 낼 수 있었던 것이다.

하지만 그 마지막 제어장치 또한, 악신의 유혹을 막을 수 없었다.

–제이칸, 죽음의 기사여…….

–……?

–그대는 혹시, 혼령의 나룻배에 대해 알고 있는가?

–그, 그건……!

찰랑–!

제이칸의 바로 앞까지 다가온 악신이 자신의 품속에서 자

그마한 유리병을 꺼내어 들었고, 그는 그 호리병이 무엇인지.

아니, 호리병 안에 갇혀 있는 작은 나룻배가 무엇인지.

정확히 알고 있었으니 말이었다.

—내, 내게는…….

—그대의 욕망을 내게 보여라, 제이칸.

—……!

—내 친히 그대에게, 지옥의 기사의 힘을 허하겠노라.

찰랑—!

이안과 아르케인의 시선이 훈이의 손에 들린 작은 호리병의 앞에 모아졌다.

비현실적으로 느껴질 만큼 맑고 투명한 유리병 안에, 반쯤 들어차 있는 보랏빛 액체.

그 위에 떠 있는 작은 나룻배 한 척이 두 사람의 시선을 동시에 사로잡은 것이다.

"제이칸이 이곳에 있을 때부터 혹시나 하긴 했지만……."

"음……?"

"이거, '악신의 호리병'이라는 거야."

"악신의…… 호리병?"

"아마도 이게 있으면…… 망각의 강을 건널 수 있을 테지."

"……!"

훈이의 설명에 동시에 눈이 휘둥그레진 이안과 아르케인.

훈이는 그런 두 사람에게, 자신이 들고 있는 호리병의 정보를 확인시켜 주었다.

악신의 호리병

등급 : 신화(초월)
분류 : 잡화
악신의 권능이 담긴, 탐욕의 호리병입니다. 이것을 깨뜨린다면, '혼령의 나룻배'를 소환할 수 있습니다.
*혼령의 구슬 9개로 교환할 수 있습니다.

훈이는 제이칸의 히스토리에 대해 알고 있다.

그 때문에 작은 나룻배가 떠 있는 호리병을 본 순간, 이것이 악신의 호리병이라는 사실을 곧바로 알아챈 것이다.

그리고 훈이의 설명과 함께 호리병의 정보 창을 확인한 이안 또한, 다시 눈이 반짝이기 시작하였다.

'이거 재밌네.'

만약 호리병마저 찾지 못하고 유적들로 만족해야 했다면, 이안은 우울했을 것이다.

아무리 혼령의 유적들이 좋아도 정령계에서 얻었던 유적들과 크게 차이 나지 않는 수준이었고, 그에 반해 빠르게 진행될 줄 알았던 명계 콘텐츠가 턱 막히는 상황이 되었을 테니 말이다.

하지만 '혼령의 나룻배'로 망각의 강을 건널 수 있다면, 이야기는 완전히 달라진다.

'혼령의 날개에 대한 단서는…… 망각의 강 너머의 콘텐츠에서 찾아야 하는 건가?'

어쨌든 망각의 강 레테를 건널 수 있게 되었다는 사실만으로도, 일보 전진 그 이상이라 할 수 있는 상황이었으니 말이다.

정공법으로 명계를 뚫었다면 한 달은 넘게 걸렸을 콘텐츠를 고작 하루 만에 돌파해 버린 것이었으니까.

하여 이안은 망설임 없이 아르케인과 훈이에게 이야기했다.

"이 호리병, 내 구슬을 써서 가져갈게."

"이안 님의 구슬을 사용하신다고요?"

"정말?"

"물론 발러 길드의 원정대와 함께 레테를 건널 테니, 그에 대해 걱정하실 필요는 없습니다."

이안의 말을 들은 훈이와 아르케인은 살짝 놀란 표정이 되었다.

물론 이 혼령의 나룻배가 무척이나 중요한 아이템이기는 하였지만, 반대로 레테를 건널 수 있게 해 준다는 점을 제외하면 아무 쓸모도 없는 아이템이었으니 말이다.

굳이 자신의 구슬을 사용하지 않고 다른 이가 태워 주는 나룻배에 오르는 것이 가장 효율적인데, 자진해서 자신의 구슬을 소모하겠다고 하니, 두 사람 모두 의아할 수밖에 없는 것이다.

특히 내심 자신이 구슬을 써야 한다고 생각했던 마스터 아르케인은 기쁠 수밖에 없었다.

"크……! 이 형이 무슨 일이지? 웬일로 이렇게 이타적이야?"

"그렇게 해 주신다면야…… 사양하지 않겠습니다."

아르케인의 감사 인사에 씨익 웃으며 자본주의(?) 미소를 보이는 이안.

"발러 길드에 진 신세도 갚을 겸…… 어차피 명왕의 징표도 가장 많이 얻은 사람이 저니까요."

물론 이안은 정말 이타적인 마음에서 그런 결정을 한 것이 아니었다.

그가 굳이 혼령의 나룻배를 선택한 데에는 확실한 이유가 존재했으니 말이다.

'발러 길드야 한 번에 원정대가 전부 넘어가면 거점을 세울 수 있겠지만…… 나는 퀘스트를 위해 레테를 여러 번 건너며 왕복해야 할 수도 있을 테니까.'

이안으로서는 아예 나룻배를 소유하는 것이 마음 편했으며, 어차피 구슬로 바꿔 먹기에 크게 탐나는 유물이 있지도 않았으니 당연한 선택을 한 것이었지만.

그러한 꿍꿍이를 선의로 포장하는 것은 나쁠 것이 없었으니, 굳이 여기에 대한 이야기를 하진 않은 것이다.

하여 두 사람의 동의(?)를 얻은 이안은 망설임 없이 호리병을 교환하였다.

띠링-!

-'혼령의 구슬'을 9개 소모하였습니다.

-'악신의 호리병(신화)(초월)' 아이템을 획득하였습니다!

이어서 호리병을 조심스레 품속에 집어넣은 이안은 이제 행복한 고민을 시작하였다.

'자, 이제 명왕의 징표만 소모하면 되는 건가?'

정확히 몇 개나 얻었는지 기억하기 힘들 정도로, 무지막지하게 인벤토리에 쌓인 명왕의 징표들.

-명왕의 징표 x 127

그것을 확인한 이안은 이제 마음 편해진 표정으로 유적들을 하나씩 쓸어 담기 시작하였다.

두 번, 세 번 확인해도 혼령의 날개는 보이지 않았고, 악신의 호리병도 손에 넣었으니, 유물 쇼핑에 자연스레 관심이 돌아간 것이다.

그런데 재밌는 것은 이제까지의 유물 쇼핑과 달리 이안의 선택이 뭔가 저렴(?)하다는 점이었다.

—'명왕의 징표'를 1개 소모하셨습니다.

—'데스나이트의 견갑(전설)(초월)' 아이템을 획득하셨습니다.

—'명왕의 징표'를 1개 소모하셨습니다.

—'명왕 기사단의 머리장식(전설)(초월)'을 획득하셨습니다.

—'명왕의 징표'를 1개 소모하셨습니다.

……후략…….

평소 같았더라면 최대한 많은 징표를 소모하여 가장 좋은 장비를 골랐을 이안이었건만, 어쩐 일인지 가성비 좋은 잡템(?) 위주로 쓸어 담고 있었으니 말이다.

"형, 그건 어디에 쓰려고……?"

"왜? 이 정도면 충분히 좋은데?"

"아니, 물론 좋은 아이템이긴 하지만…… 형한텐 쓸모가 없어 보이니까……."

"흠, 아니야. 다 쓸데가 있다고. 흐흐."

그리고 이안이 이렇게 잡템을 쓸어 담는 데에도, 당연히 이유가 있었다.

'눈 씻고 봐도 메인 장비 바꿔 줄 만한 건 한두 피스뿐이니……. 나머지는 가성비로 챙겨서 싹 다 팔아먹어야지.'

어차피 눈에 차는 장비가 없다면 적당히 좋은 가성비로 싹 다 가져와서, 차원 코인으로 바꿔 놓을 생각이었던 것이다.

어쩌면 최상위 유적을 클리어하고 이런 사고를 할 수 있는 유저는, 카일란에 오직 이안뿐일지도 몰랐지만 말이다.

"크, 이정도면 20만 코인은 거뜬하겠는데……?"

어지간한 랭커는 평생 만져 보지도 못할 수준의 액수를 아무렇지도 않게 중얼거리며, 기분 좋은 표정이 된 이안.

"자, 그럼 저는 먼저 나가보겠습니다!"

"예, 이안 님. 저희도 곧 따라 나가겠습니다."

그렇게 순식간에 모든 징표를 전부 다 소모한 이안은 망설임 없이 유적의 뒤편으로 걸음을 옮겼다.

이제 볼 장은 다 봤으니, 탑의 마지막 포탈을 향해 움직인 것이다.

그리고 성큼성큼 포탈을 향해 이동하는 이안을 향해, 아르케인이 조심스레 물었다.

"아마 탑 바깥으로 이동되는 포탈이겠죠?"

"그렇지 않을까요?"

"그럼 일단 밖으로 나가서 정비하고…… 바로 망각의 심연 바깥에서 모이도록 하죠."

"좋습니다. 이렇게 된 김에 곧바로 레테를 건너도록 하시죠."

이어서 이안의 시원한 대답에, 더욱 기분이 좋아진 아르케인과 발러 길드의 원정대원들.

"크……! 드디어 레테를 넘는 건가?"

"역시 이안갓……!"

그리고 가장 먼저 걸음을 옮긴 이안이, 곧바로 포탈을 향해 걸음을 떼었다.

위이잉-!

-'혼령의 균열'에 발을 디뎠습니다.

-'혼령의 땅' 바깥으로 이동됩니다.

하지만 모든 콘텐츠를 클리어하고 포탈을 타는 이 순간, 이안이 짐작조차 하지 못한 사실이 무려 두 가지나 있었다.

첫째는, 이안이 쓸어 담은 잡템들 중에 생각지도 못 했던 물건이 들어 있다는 사실이었으며.

두 번째는 바로.

우우웅-!

-'망각의 심연'에 입장하였습니다.

포탈을 타고 혼령의 땅 바깥으로 나온 그의 눈앞에, 예상치 못했던 손님들이 기다리고 있었다는 사실 말이었다.

"음? 마족……?"

이안을 향해 사방에서 쏟아지는 차갑고 끈적끈적한 수많은 살기殺氣들.

짙은 어둠이 내리깔려 있는 망각의 문 주변으로, 시뻘건 그림자들이 하나둘 모습을 드러내기 시작한 것이다.

–그럼…… 그때까지만 해도 혼령의 탑을 가장 많이 클리어했던 길드가, 게스토 길드였다는 말입니까?

–그렇죠. 사실 이안과 간지훈이가 아니었다면, 발러 길드는 그날까지도 8층에 머물러야 했을 테니 말입니다.

–게스토 길드의 입장에서는 정말 아쉬웠겠군요.

–그렇습니다. 그날 세르누크라는 친구를 만나기 전까지만 해도…… 혼령의 나룻배를 손에 넣어 레테를 건널 생각에 우리 모두가 들떠 있었으니까요.

–그래도 마스터 카브리엘의 계획대로 되었다면 큰 이득을 볼 수 있었을 텐데…… 그 계획은 어째서 실패해 버린 건가요?

–후우…….

크게 한숨을 내쉰 크리스는 잠시 동안 아무 말도 잇지 못하였다.

—다시 말씀드리지만, 저는 처음부터 이 계획을 반대했습니다.

—왜요? 충분히 승산이 있는 싸움 아니었나요?

—그렇게 생각하세요?

—당연하죠. 망각의 심연에서는 모두가 1레벨이라면서요.

—그건 그렇죠.

—아무리 발러 길드라 하더라도 모두가 1레벨인 상황에서 기습을 당한다면…… 게스토 길드에도 충분히 승산이 있어 보이니까요.

—후우…….

—왜 그러시죠 크리스 님?

—애초에 문제는 발러 길드가 아니었으니까요.

—예?

—제가 반대했던 이유는 오로지 이안이었습니다.

—이안이야 당연히 강력한 랭커지만…….

—그에 대한 표현이 한참 잘못됐군요.

—예?

—그는 강력한 랭커라는 수식으로 설명할 수 없는 존재입니다.

—그럼 뭐라고 설명해야 할까요?

—그냥 '재앙' 그 자체죠.

—…….

랭커 크리스는 두 눈을 감고, 다시 한번 크게 한숨지었다.

—마족 진영에서 플레이하는 입장에서…… 이안은 재앙이라는 단어 말고 다른 말로 설명이 안 되네요.

—그럼 그날 게스토 길드가 전부 전멸해 버린 것도…….

—예, 맞습니다. 그날 저희는 그냥…… 재앙을 만났던 것뿐이죠.

—크리스 님 말씀대로라면, 게스토 길드에서는 거의 재앙을 마중나간 셈이로군요.

—그렇죠. 마스터께서 '재앙'을 제대로 경험해 보신 적이 있었더라면…… 절대로 하지 않았을 선택이었죠.

너무도 우울해 보이는 크리스의 표정에, 인터뷰어는 한동안 다음 질문을 꺼내지 못하였다.

하지만 정해진 질문은 전부 해야 했기에, 그는 천천히 다시 입을 열었다.

—그래도 결과적으로, 꼭 나쁘지만은 않은 선택이었잖습니까?

—운이…… 좋았다고 해야 할까요?

—그, 그런가요?

—이안이 '그' 아이템을 갖고 있지 않았더라면, 저희는 그와 거래할 수 없었을 테니 말입니다.

—그렇군요.

—그리고 나쁘지 않은 선택이라기엔…… 저희 길드원 절반이 그날 사망 페널티를 받았는데요?

―…….

―그냥 최악을 피한 정도라고, 이해해 주시면 감사하겠습니다.

*게스토 길드의 랭커, 크리스의 인터뷰 중 발췌.

까만 어둠에 가까운 짙은 청자색 빛의 어스름.

한 치 앞을 확인하기 힘든 심연의 땅 안에, 이질적인 새하얀 빛이 번쩍인다.

우우웅―!

이어서 그 찰나의 섬광과 함께.

"커헉."

까만 그림자 하나가, 심연 아래로 가라앉았다.

열 구도 넘어 보이는 시체들 사이에서, 세 자루의 대검을 두른 채 어둠 속을 응시하는 남자.

척―!

한쪽 입꼬리를 슬쩍 말아 올린 이안이 낮은 목소리로 입을 열었다.

"뭐지……? 고작 이 정도 전력으로 날 노린 건가?"

이안은 무척이나 상기된 표정이었다.

겉으로는 무척이나 여유로운 듯 이야기하고 있었지만, 사실 여유를 찾은 것은 조금 전이었으니 말이다.

처음 혼령의 땅에서 홀로 나와 마족들의 기습을 받았을 때에는 그조차도 충분히 위험했으니까.

'이런 짜릿함은 또 오랜만인걸.'

모두가 초월 1레벨로 고정된다는 특수한 맵의 속성.

그에 더해, 생각지도 못했던 타이밍의 날카로운 기습.

이안을 기습한 마족들은 분명 괜찮은 실력을 보유한 유저들이었고, 그 숫자가 족히 서른은 넘는 수준이었으니, 아무리 이안이라 해도 위험하지 않을 수 없었던 것이다.

'큰일 날 뻔했어. 여기가 명계라는 사실을 항상 자각하고 있었어야 했는데 말이지.'

유저끼리의 교전이 거의 일어나지 않는 정령계와 달리, 명계는 무법 지대나 다름없다.

인간과 마족, 양 진영이 공존하는 필드이다 보니, 언제든 이런 기습이 일어나도 이상할 것 없었던 것이다.

다만 이안이 기습을 예상하지 못한 데에는 그럴 만한 이유가 있었다.

첫째로는 지금 이안이 공략 중이던 필드가 유저라고는 찾아보기 힘든 최상위 필드였으며, 둘째로는 명계에 너무 오랜만에 와 봤기 때문이었다.

그리고 또 한 가지.

사실상 이안이 안일(?)했던 가장 큰 이유는 바로 자신에 대한 믿음 때문이었다.

이안의 입장에서 이 시점, 그에게 위협이 되는 마족은 이제 단 한 명도 없었으니 말이다.

실제로 만약 이곳이 망각의 심연이 아니었고 지상 필드였다면, 아마 훨씬 더 수월하고 빠르게 그를 기습한 마족 유저들을 제압했을 것이었다.

“아직 남은 친구들이 있는 걸 아는데…… 언제까지 숨어 있을 건가?”

이안이 다시 입을 열었지만 심연은 여전히 고요하였다.

하여 이안은 다시 한번 말하였다.

“나타나지 않는다면, 내가 직접 찾아보지.”

카일란에서는 맵의 특성에 따라, 확보 가능한 시야가 천차만별로 제한된다.

평범한 평원 같은 맵에서야 수십 미터 떨어진 곳까지도 가시권으로 볼 수 있지만, 어둡거나 안개가 끼는 등의 특수한 환경이라면, 그 가시거리가 훨씬 줄어들도록 되어 있었던 것이다.

그리고 이곳 ‘망각의 심연’은 수중 맵인 데다 무척이나 어두컴컴한 필드였기 때문에, 5미터 정도 떨어진 거리의 대상도 제대로 확인하기 힘든 수준이었다.

그리고 그러한 특수한 환경이 이안에게는 무척이나 유리하게 작용하였다.

다수를 상대로 하는 전투에서 몸을 숨길 수 있는 환경이 존재한다는 것은 변수를 창출하는 데 무척이나 유용했으니 말이다.

모두를 1레벨로 평등하게 만들어 버리는 맵의 속성은 이안에게 불리하게 작용하였지만, 반대로 유리하게 작용한 전투 환경이 어느 정도 그 불리를 상쇄시켜 줬던 것이다.

하여 이제는 완벽히 승기를 잡은 이안이 역으로 사냥을 시작하였다.

띠링-!

-고유 능력, '약점 포착'을 발동하였습니다.

약점 포착은 인근에 존재하는 적들의 약점을 붉은 빛으로 보여 주는 고유 능력이다.

그 숙련도에 따라 더 넓은 반경에 있는 적들의 약점을 찾아 주는, 이안이 가장 애용하는 고유 능력.

그리고 오늘 이안은 이 약점 포착을 그 어느 때보다 더 유용하게 활용하고 있었다.

어스름에 가려 정확히 보이지 않는 적들의 위치까지도, 약점 포착이 알려 주었으니 말이다.

평소에야 시야 범위보다 약점 포착의 발동 범위가 훨씬 좁기 때문에 이런 식으로 활용할 일이 없었지만, 지금은 아주 유용하게 활용되는 것.

좌아아-!

허공으로 도약한 이안의 검이 물살을 가르고 뻗어 나가자, 이안의 뒤에 있던 거대한 그림자가 그를 따라 전방으로 튀어 나왔다.

캬아아오-!

시퍼렇게 두 눈을 빛내며 거대한 날개를 펼치는 이안의 소환수.

오랜만에 드래곤으로 현신한 뿍뿍이의 커다란 입이 쩍 하고 벌어졌고, 그 입에서 강력한 심연의 소용돌이가 뿜어 나왔다.

콰아아아-!

그리고 그 강렬한 소용돌이는 어둠 속에 몸을 숨기고 있던 마족들에게 무척이나 치명적인 것이었다.

-마족 '???'에게 치명적인 피해를 입혔습니다!

-마족 '???'의 생명력이 10,912만큼 감소합니다.

-마족 '???'의 생명력이 13,092만큼 감소합니다.

……중략……

-마족 '???'를 성공적으로 처치하셨습니다.

-마족 '???'를 성공적으로 처치하셨습니다.

-명성(초월)이 500만큼 증가합니다.

……후략…….

수비적으로 움직이던 이안이 본격적으로 전장을 휩쓸기 시작하자, 순식간에 쓸려 나가는 마족 랭커들.

하지만 그런 이안의 폭주는 그리 오래 이어지지는 않았다.

"잠깐……!"

"……?"

이안의 검이 다시 날뛰려던 그 순간, 누군가의 다급한 목소리가 어둠 속에서 울려 퍼졌으니 말이었다.

"혹시 너…… 이안인가?"

"음……?"

"그대가 이안이냐고 물었다."

"설마, 모르고 공격한 건가?"

"……."

어이없는 표정이 된 이안의 앞에 한 남자가 천천히 걸어나온다.

남자의 정체는 다름 아닌 게스토 길드의 마스터 카브리엘.

물론 그는 이안의 정체를 알고도 공격한 것이었지만, 이안의 물음에 거짓말을 할 수밖에 없었다.

"그렇다. 나는 발러 길드를 습격했던 것일 뿐, 이안이 여기 있다는 사실은 전혀 몰랐다."

지금 그가 나타난 이유는 이안과 협상을 하기 위함이었고,

때문에 이실직고할 수 없었던 것이다.

침중한 표정의 카브리엘과 눈이 마주친 이안은 피식 웃으며 입을 열었다.

"뭐, 그럴 수도 있겠군."

"……."

"하지만 그렇다고 해서 달라지는 것은 없을 텐데?"

"그, 그건……."

"이곳에서 마족과 인간이 만난다면, 싸우는 게 너무 당연한 것 아냐?"

"물론 그렇지만……."

"그대들이 날 공격했다 해서 악감정 같은 것은 없다. 당연한 일이니까."

"……."

"다만 나 또한 적 진영의 유저들을 만났기 때문에 공격하는 것일 뿐."

"후우……."

이안의 말에 틀린 것이 없었기 때문에, 카브리엘은 저도 모르게 한숨을 쉬었다.

'이게 아닌데…….'

만약 이안이 이 자리에서 끝까지 검을 휘두른다면, 이제와 퇴각한다고 해도 전멸에 가까운 피해를 입을 게 분명했으니 말이다.

때문에 마스터인 그의 입장에서는 이제라도 이안과 협상하여 이 대치 상황에서 벗어나는 게 중요했다.

하여 카브리엘은 다급하게 다시 말을 이었다.

"그대의 말이 전부 맞다."

"역시 그렇지? 그럼 다시 친다?"

"아, 아니 잠깐!"

"또 뭔데?"

"그대의 말처럼 우리는 서로에게 악감정이 없다."

"같은 말을 왜 또 하는 건데?"

"그 말인 즉 협상의 여지가 있다는 이야기 아닌가?"

"협상……?"

"이안, 그대와 협상을 하고 싶다."

카브리엘의 말에 이안의 눈이 살짝 빛났다.

이 위기를 모면하기 위해 잔머리를 굴리는 것이라고는 생각되지만, 그와 별개로 협상이라는 단어가 무척이나 흥미로웠으니 말이다.

'협상이라, 무슨 카드를 꺼내려는 거지?'

이안은 게스토 길드에 대해 전혀 모른다.

기사 대전에서도 만난 일이 없는 길드였던 데다 평소에 관심조차 두지 않았던 영세한(?) 길드였으니, 지금 이안의 눈앞에 있는 카브리엘이 누군지조차 모르는 것이다.

때문에 그가 협상 테이블에 어떤 카드를 꺼내 들지, 무척이나 궁금해졌다.

“흠, 협상이라…… 물론 가능이야 하겠지. 내가 혹할 만한 무언가를 그대들이 제시할 수만 있다면 말이야.”

이안의 말이 끝남과 동시에, 두 사람 사이에 잠시 정적이 흘렀다.

그리고 이안은 흥미진진한 얼굴로 카브리엘의 표정을 살폈다. 카브리엘의 얼굴에 마지막까지도 고민하는 기색이 역력히 보였으니 말이다.

이어서 잠시 후, 적막을 깨고 이어진 카브리엘의 말은 무척이나 놀라운 것이었다.

“그대가 가지고 있는 죽음의 기사단장 갑주.”

“음……?”

“여기서 그대가 공격을 멈춰 준다면 그것의 나머지 피스를 그대에게 주도록 하겠다.”

카브리엘의 말을 듣자마자 이안이 놀란 이유는 다른 것이 아니었다.

‘내게 기사단장의 갑주가 있다는 걸 어떻게 아는 거지?’

카브리엘이 말한 죽음의 기사단장 갑주는 이안이 남은 명왕의 징표로 쓸어 담은 잡템(?) 중에 하나였고, 그것은 지금 그의 인벤토리 안에 들어 있었으니, 그 존재를 어떻게 안 것인지 궁금했던 것이다.

하지만 이안은 곧바로 카브리엘에게 묻지 않고 말을 아꼈다. 뭔가 본능적으로, '정보'의 냄새가 났으니 말이다.

'일단 저놈의 말을 들어 보자. 다 듣고 나서 궁금증을 풀어도 늦지 않아.'

그리고 그러한 이안의 판단은 무척이나 옳은 것이었다.

"기사단장 갑주의 나머지 피스라……."

"그렇다. 어쩌면 이미 알고 있겠지만. 내겐 대검과 투구가 있지."

"흐음……."

"유적에서 기사단장 갑주를 선택했다는 건, 이 물건들의 가치에 대해 알고 있을 것이라는 말."

카브리엘의 말을 듣는 이안의 두뇌가 빠르게 회전하기 시작했다.

카브리엘의 말은 무척이나 혼란스러웠지만, 그 안에서 어떤 단서를 찾아내야 했으니 말이다.

'그 고철덩어리 갑옷이 히든 피스라도 되는 건가?'

이안은 재빨리 인벤토리를 열어 '죽음의 기사단장 갑주'를 확인하였다.

처음 선택할 때에는 대충 읽었던 아이템의 정보를 다시 한 번 확인해 보기 위해서 말이다.

그리고 다음 순간.

'……!'

이안은 놀란 표정을 숨기느라 애를 써야만 했다.

아이템의 정보 창을 확인한 순간, 카브리엘이 어떻게 이 장비의 존재를 알았는지 알 수 있었으니 말이다.

죽음의 기사단장 갑주

분류 : 중갑
등급 : 전설(초월)
착용 제한 : '중간자'의 위격 달성
방어력 : 1,728
내구도 : 551/551
옵션 : 모든 전투 능력+40(초월), 물리 공격력+625, 어둠 속성 피해 흡수+10%, 모든 종류의 물리/마법 공격력+5%, 모든 종류의 어둠 속성 공격력+5%
……중략……
*갑주에 잠든 기사단장의 원혼이, 인근에 느껴지는 죽음의 기운에 감응합니다.
죽음의 기사단장 대검
죽음의 기사단장 투구
(모든 장비를 착용한다면, '라타르칸의 명왕성'에 입장할 수 있습니다.)

'이거였어……!'

이어서 모든 궁금증이 풀림과 동시에 머리가 맑아진 이안의 두 눈이 다시금 반짝이기 시작하였다.

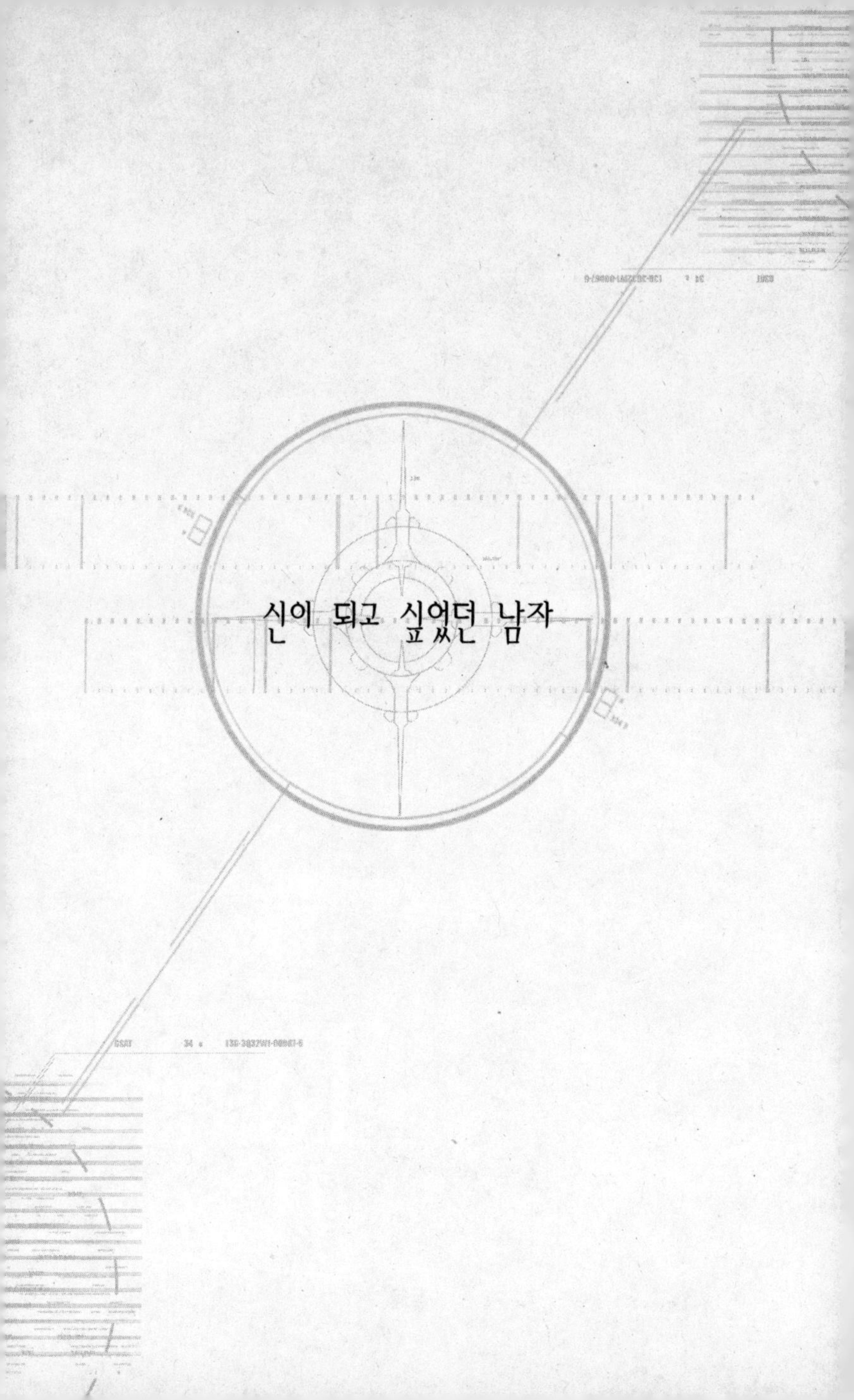

신이 되고 싶었던 남자

Taming
Master

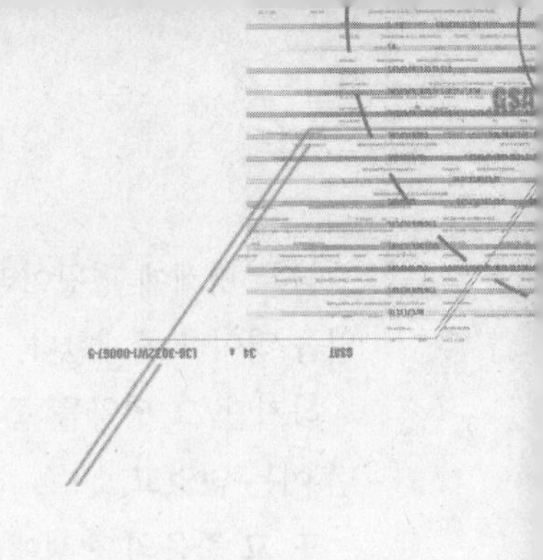

카브리엘은 제이칸에 대해 알고 있었다.

훈이가 그 히스토리에 대해 처음부터 알고 있었던 것처럼 말이다.

그리고 그것은 너무 당연한 것이었다.

흑마법사가 3티어 이상의 히든 클래스를 보유하기 위해서는, '명왕'과 관련된 퀘스트를 무조건 진행해야 했으니까.

심지어 이 내용에 대해서는, 공식 카페의 베스트 공략에도 언급되어 있는 부분이었다.

–명계의 지도자 명왕의 인정을 받지 못한다면, 최고의 어둠술사가 될 수 없습니다.

물론 명계에 명왕이라는 존재는 카일란의 세계관 안에 총 일곱 명이나 존재한다.

하지만 그 명왕들 중 고대 '죽음의 전쟁'에 참전하지 않았던 이는 없었고.

또 그 죽음의 전쟁에서 가장 유명했던 사건 중 하나가, 라타르칸의 기사단장 제이칸의 반역 사건이었으니.

라타르칸과 훈이가 제이칸에 대해 알고 있었던 것은, 어찌 보면 우연이 아닌 필연이라 할 수 있었다.

게다가 우연히(?) 망각의 심연과 혼령의 땅을 찾아냈던 발러 길드와 달리.

카브리엘과 게스토 길드는, 제이칸과 관련된 퀘스트를 통해 혼령의 탑을 찾아왔었으며.

카브리엘이 죽음의 기사단장 대검과 투구를 가지고 있는 이유가 바로 그것이었다.

'대검과 투구가 아깝긴 하지만, 이 정도 빅딜이 아니라면 이안이 혹할 리 없을 테니까.'

성능 자체는 지금 카브리엘이 착용 중인 장비들보다 오히려 떨어지지만, 그것과 별개로 상위 콘텐츠로 갈 수 있게 만들어 주는 키 아이템.

아마 어지간히 다급한 상황이 아니었더라면, 카브리엘은 이 장비들을 이안의 앞에 내어놓지 않았을 것이다.

지금 시점에서 이 아이템들의 가치는, 돈으로 환산하기 어려운 수준의 물건들이었으니 말이다.

하지만 길드 최정예가 전멸에 가까운 타격을 입는 것보다는, 콘텐츠 하나를 포기하는 게 마스터 입장에서 옳은 결정이라 할 수 있었다.

'그리고, 콘텐츠를 완전히 버리는 것도 아니니까…….'

하여 이안에게 제안을 던진 카브리엘은 긴장된 표정으로 그의 눈을 마주 보았다.

그는 지금 무척이나 초조하였다.

어째서 이안이 가장 먼저 망각의 문 밖으로 나온 것인지는 알 수 없었지만, 곧 발러 길드의 인물들도 나타날 것이었고.

그렇게 되면 점점 더 상황이 복잡하고 어려워질 테니, 그 전에 승부를 보고 싶은 것이다.

그리고 다행히도 이안은 카브리엘의 제안에 대한 결정을 금방 내렸다.

"확실히…… 끌리는 제안이군."

"그럴 수밖에. 콘텐츠 하나를 통으로 넘겨주는 수준인데 말이지."

이안과 다시 눈이 마주친 카브리엘은 그 순간 확신할 수 있었다.

이 제안을 이안이 받아들일 것임을 말이다.

그리고 이안은 그의 확신대로, 천천히 고개를 끄덕였다.

"좋아. 그럼 그대의 제안을 받아들이도록 하지."

"잘 생각하셨소."

"하지만 어떤 식으로 거래를 할 생각이지?"

이안의 물음에, 카브리엘이 망설임 없이 답하였다.

"그야 어려울 것 없지."

"흠?"

"내가 장비를 먼저 그대에게 넘기겠소."

"오호……?"

"그럼 그대가 검을 거둬 주시오."

카브리엘의 이야기에, 이안은 살짝 의아한 표정이 되었다.

사실 다른 방법이 있는 것도 아니었지만, 선뜻 장비를 먼저 넘겨주겠다는 카브리엘의 말은 의외였으니 말이다.

그것은 게스토 길드의 입장에서 무척이나 위험한 선택이었으니까.

"날 믿나 보지?"

"어차피 다른 선택지도 없잖소."

"그야 그렇지."

잠시 뜸을 들인 카브리엘이 다시 입을 열었다.

"그리고 여기서 그대가 약속을 지키지 않는다면, 그쪽 입장에서도 득보다는 실이 많을 것이오."

"뭐, 틀린 말은 아니군."

이안은 고개를 끄덕였다.

카브리엘이 무슨 이야기를 하는지, 대번에 이해했으니 말이다.

'뭐, 저들을 전부 죽여 봤자 드롭되는 템이 엄청 좋은 수준도 아닐 테고…….'

게스토 길드의 정예를 처치해서 이안이 얻을 수 있는 이득보다, '이안' 이라는 랭커의 대외적인 이미지 손실이 훨씬 클 수밖에 없었던 것.

만약 이안이 게스토 길드의 통수를 친다면, 카브리엘은 그 영상을 커뮤니티에 올릴 것이고.

그것으로 이안의 이미지는 제법 실추될 테니까.

"좋아, 그럼 대검과 투구를 내게 넘기도록. 나 또한 약속을 지키지 않을 생각은 없으니 말이야."

이안이 성큼 다가가자 카브리엘은 반사적으로 움찔하였다.

하지만 이내 약속한 아이템들을 꺼내어 들고, 이안에게 마주 다가갔다.

"자, 여기 있소."

"좋아, 확실히 세트 피스가 맞군."

이어서 장비를 건네받은 이안의 눈앞에, 간결한 시스템 메시지가 주륵 떠올랐다.

띠링-!

-'죽음의 기사단장 대검(전설)(초월)' 아이템을 획득하셨습니다.

-'죽음의 기사단장 투구(전설)(초월)' 아이템을 획득하셨습니다.

"그럼 이제, 그 검을 거둬 주시오."

"그러도록 하지."

카브리엘의 요구에 이안은 고개를 끄덕인 뒤, 스스럼없이 심판 검들을 검갑에 꽂아 넣었다.

스르릉– 철컥– 철컥–!

이어서 그 모습을 확인한 카브리엘은 곧바로 걸음을 돌렸다.

"그럼 우린 이만 가 보겠소."

"뭐, 그러든가."

"발러의 친구들이 나타나면 좀 곤란해질 테니 말이지."

이안이 공격 의사가 전혀 없음을 확인한 게스토 길드의 길드원들은 빠르게 자리를 벗어나 어둠 속으로 사라졌다.

그리고 그 뒷모습을 응시하던 이안은 피식 웃으며 중얼거렸다.

"이건 또 생각지도 못했던 소득이네. 오늘은 정말 운이 좋군."

세트 피스가 모여서인지 까만 기류가 흐르기 시작한 죽음의 기사단 장비들을 보며, 이안은 흡족한 미소를 지었다.

게스토 길드의 조공(?) 덕에 다음 행선지까지 정해졌으니, 빠르게 레테를 건너는 일만 남은 것이다.

그리고 이안이 슬슬 지루한 표정이 될 즈음.

'그나저나 이 친구들은 대체 왜 이렇게 오래 걸리는 거야?'

"형, 오래 기다렸지?"

심연의 문 밖으로 나온 훈이의 목소리가 이안의 귓전에 들려왔다.

심연의 문을 나선 이안과 발러 길드의 일행은 금세 레테의 강변에 도달하였다.

–'망각의 저주'에서 벗어납니다.

–모든 디버프가 해제되었습니다.

애초에 망각의 심연 자체가 레테의 수중水中에 있는 필드였으니, 뭍으로 나온 순간 그곳이 바로 강변이었던 것이다.

"자, 다들 준비되셨죠?"

"물론입니다."

"그나저나 이 배로 한 번에 이동이 가능하려나……?"

이안의 걱정에 훈이가 툴툴거리며 핀잔을 주었다.

"쓸데없는 걱정 말고 호리병이나 열어, 형."

"흠?"

"그거 말만 나룻배지, 제이칸의 기사단을 전부 싣고 레테를 건넜던 물건이거든."

"오호, 그래?"

훈이의 말에 흥미로운 표정이 된 이안은 악신의 호리병 병마개를 퐁 하고 열었다.

그러자 그 작은 병의 입구에서, 시커먼 연기가 미친 듯이 쏟아져 나오기 시작하였다.

스하아아아-!

듣는 것만으로도 오금이 저릴 만큼 스산한 소리와 함께, 레테의 강 위에 천천히 모습을 드러내는 커다란 나룻배.

'오호, 정말 호리병 안에 있던 작은 배랑 똑같이 생겼잖아?'

점점 윤곽을 갖춘 그 모습은 분명 나룻배의 그것이었지만, 훈이의 말처럼 그 크기는 결코 나룻배의 수준이라 할 수 없었다.

까만 합판으로 만들어진 배의 규모는 서른 명이 넘는 인원을 한 번에 싣고도 충분히 자리가 남을 정도였으니 말이다.

"대체 나룻배의 비율로 이렇게 언밸런스한 크기의 배를 왜 만든 걸까?"

중얼거리듯 이야기하는 올리버의 물음에, 훈이가 답해 주었다.

"거구를 가진 악신들이 사용하던 배라고 하더군요."

"오호, 그래요?"

"애초에 인간이 타라고 만든 배가 아니었던 거죠."

선미까지의 높이만 족히 3m는 될 듯한 커다란 크기를 가진 혼령의 나룻배.

어지간한 도약력으로는 탑승조차 힘든 나룻배였지만, 이안과 발러 길드의 일행은 어렵지 않게 배에 올랐다.

이어서 모든 인원이 탑승하자 배는 천천히 움직이기 시작하였다.

그긍- 끼이익-!

그리고 움직이는 배를 본 아르케인은 신기하다는 듯한 표정으로 주변을 두리번거렸다.

"오, 이거 어떻게 움직이는 거지?"

나룻배에 묶여 있는 거대한 노를 누가 저은 것도 아니었으며, 그렇다고 배에 돛이 달려 있는 것도 아니었는데.

거대한 나룻배가 어딘가를 향해 스르르 움직이기 시작하였으니 말이다.

그리고 그 의문에 대한 답은 이안의 입에서 나왔다.

"그냥 출발하라니까 하던데요?"

"예……?"

"유령선 같은 건가 보죠, 뭐."

"……."

어찌 됐든 큰 문제없이, 빠른 속도로 레테를 건너기 시작한 혼령의 나룻배.

그리고 그렇게, 대략 10여 분 정도의 시간이 흘렀을까?

덜컹-!

커다란 충격음과 함께, 혼령의 나룻배가 드디어 레테의 건너에 성공적으로 도착하였고.

"읏차……!"

갑판(?)에 서 있던 이안이 가장 먼저 도약하여 강변에 내려섰다.

타탓-!

그러자 이안의 눈앞에 기다렸다는 듯 메시지가 떠올랐다.

띠링-!

-망각의 강 '레테'를 건너는 데 성공하였습니다!

-새로운 구역에 도착하였습니다!

-명성(초월)이 50,000만큼 증가합니다!

"오호……?"

메시지를 확인한 이안의 두 눈에 이채가 떠올랐다.

'뭐지? 우리가 처음이 아닌가?'

당연히 망각의 강을 처음 건넌 것일 것이라 생각하였건만, 최초 발견 메시지가 전혀 떠오르지 않았으니 말이다.

물론 최초 발견 보상이 없는 필드도 존재하긴 했지만.

이제까지의 경험으로 미루어 볼 때, 이곳에는 분명 선지자가 존재한다는 것.

'우리보다 먼저 레테를 넘을 만한 길드는 결국 칼데라스

뿐일 텐데…….'

이안과 비슷한 생각을 한 것인지, 그의 옆에 다가온 아르테인이 낮은 목소리로 입을 열었다.

"선객이 있나 보군요."

"그러게요."

"어디일까요? 칼데라스……?"

"아마 그렇겠죠?"

흥미진진한 표정이 된 이안과 달리, 아르케인의 표정에는 긴장감이 떠올랐다.

이제 처음 레테를 넘어 거점을 세워야 하는 그의 입장에선, 칼데라스만큼 위험한 세력도 없었으니 말이다.

"빠르게 거점부터 만드셔야겠군요."

"그러게 말입니다. 우리보다 먼저 레테를 건넌 이들이 있을 줄이야……."

"뭐, 아닐 수도 있지 않습니까?"

"그래도 있다고 가정하고 움직이는 게 맞는 방향이니까요."

"그거야 그렇죠."

이안이 호리병을 가방에서 다시 꺼내자, 강변에 정박해 있던 나룻배는 순식간에 연기로 흩어져 다시 병 안으로 빨려 들어갔다.

그리고 빠르게 판단을 마친 아르케인은 길드원들을 불러 세워 일사불란하게 오더를 내리기 시작하였다.

"게이트부터 빠르게 만들어야 한다."

"물론입니다, 마스터. 게이트를 완성해서 전력을 수급하는 게 최우선 과제겠죠."

"올리버."

"응."

"게이트 건설부터 진행해 줘."

"마스터는?"

"난 빠르게 한 바퀴 순찰부터 돌고 올게."

"오케이. 그러도록 하지."

이어서 원정대 전원에게 오더를 마친 아르케인은 멀뚱히 서 있는 이안과 훈이를 향해 다가왔다.

"두 분께선 이제 어쩌실 생각입니까?"

그리고 아르케인의 눈빛에는 적잖은 기대감이 담겨 있었다.

이안과 훈이가 그들의 옆에 남아 준다면, 칼데라스와 같은 적대 세력의 위협으로부터 좀 더 안전한 환경에서 거점을 조성할 수 있을 테니 말이다.

하지만 아쉽게도, 이안에게는 할 일이 있었다.

"저희는 이제 저희대로 움직여 보려 합니다."

"아……."

"해야 할 일이 생겼거든요."

"그렇군요."

아쉬운 표정이 된 아르케인과 더욱 멀뚱한 표정이 된 훈이.

"응? 해야 할 일?"

훈이는 이안이 무슨 말을 하는 것인지 전혀 알지 못했지만, 그가 어떤 의문을 갖기 전에 이미 이안은 걸음을 옮기기 시작했다.

"조만간 또 뵙겠습니다, 마스터 아르케인."

"아쉽지만 어쩔 수 없지요."

"그럼 또 연락드리도록 하겠습니다."

올리버는 이안을 따라 움직이고 싶은 눈치였지만, 그럴 수 있는 상황은 아니었다.

한 명의 전력이라도 아쉬운 상황에서 가장 강력한 랭커인 올리버가 이안을 따라 나선다는 것은, 발러 길드의 입장에서 있을 수 없는 일이었으니 말이다.

다만 어리둥절한 표정의 훈이만이, 이안의 뒤를 쫄쫄 쫓아올 뿐이었다.

"형, 대체 무슨 일인데?"

"음?"

"발러의 거점에 남아서 같이 움직여 보는 것도 괜찮지 않겠어?"

훈이는 의아한 표정으로 이안에게 물어보았고, 그에 이안은 피식 웃으며 간결하게 대답하였다.

"아니, 지금 바로 가야 할 곳이 있어."

그리고 이안의 대답에 훈이는 더욱 당황한 표정이 되었다.

"가야 할 곳……? 그게 대체 어딘데?"

훈이는 이안에게 또한 이곳에 대한 별다른 정보가 없다고 알고 있었는데, 갑자기 이렇게 움직이기 시작하였으니 말이다.

하지만 이안의 다음 말이 이어진 순간, 훈이는 당황을 넘어 경악할 수밖에 없었다.

그의 입에서, 생각지도 못했던 단어가 흘러나왔으니 말이었다.

"명왕성."

"……?"

"난 지금 바로, 라타르칸의 명왕성에 가야 하거든."

아직까지 대부분의 유저들에게 알려져 있지 않은 사실이었지만, 지상계에 국가가 있고 왕이 존재하듯 명계에도 나라가 있으며, 그들을 다스리는 '왕' 또한 존재한다.

말 그대로 명계의 왕. 명왕.

칠대명왕이라는 수식으로 불리는 일곱 명의 명왕들이, 바로 그들인 것이었다.

하지만 이러한 사실들을 생각해 보면, 이즘에서 한 가지 의문이 생길 수밖에 없다.

다섯 줄기의 강을 제외하고는 어떤 경계 같은 것도 존재하지 않는 미개척의 땅 명계에, 대체 어떤 국가가 존재하며 그 국가를 다스리는 왕이 존재할 수 있는지가 말이다.

그러나 그 의문에 대한 답은 의외로 간단한 것이었다.

애초에 유저들에게 공개적으로 알려진 명계는 에레보스뿐이었으며, 명왕들이 다스리는 일곱 개의 국가는 에레보스 너머에 존재했으니 말이었다.

에레보스의 너머. 즉, 망각의 강 레테를 건너야만 도달할 수 있는 곳.

"내가 지금 뭔가 잘못 들은 것 같은데……."

"글쎄, 아마도 아주 정확하게 들었을걸?"

"후우, 명왕성에 가겠다니 제정신인 거야?"

"물론."

"하, 대체 무슨 자신감…… 아니, 그 전에 명왕성이 어디 있는지 알긴 해?"

명왕이 다스리는 일곱 개의 국가는, 낙원의 들판인 엘리시움과 무한지옥이라 불리는 타르타로스에 존재하는 곳이었으니 말이다.

"음, 난 모르지."

"뭐……?"

"하지만 알 수 있는 방법은 있어."

"후우, 이 형이 대체 뭐라는 거야."

선문답 같은 이안의 화법에 어이없는 표정이 된 훈이.

하지만 이안은 그런 훈이를 무시한 채, 갑자기 인벤토리에서 뭔가를 꺼내기 시작하였다.

"……?"

그리고 잠시 후.

철컥-.

우우웅- 철커덕-!

이안의 복장이 순식간에 바뀌기 시작하였다.

"갑자기 말하다 말고 장비는 왜 바꾸는……?"

답답한 표정으로 이안을 향해 이야기하던 훈이는, 더 이상 말을 이을 수 없었다.

장비를 싹 바꿔 착용한 이안의 복장이 너무도 낯익은 모습이었으니 말이다.

"그, 그 복장……! 어디서 난 건데?"

"징표랑 바꿔 온 거지."

"미친……!"

혼령의 탑 9층에서 발러 길드의 원정대를 상대로 미친 듯이 날뛰었던 보스 제이칸.

그가 착용하고 있던 복장과 무척이나 흡사한 복장을, 이안이 풀 세트로 착용하고 있었으니, 훈이로서는 당황하지 않을 수 없었던 것이다.

"근데 명왕성에 대한 이야기를 하다가 이 장비들은 갑자기 왜……?"

"그야, 당연히 연관이 있으니 그런 거지."

"아……?"

그리고 카일란 콘텐츠에 한해서만큼은 머리가 빠릿빠릿하게 돌아가는 랭커답게 훈이는 금세 상황을 이해하였다.

"형이 착용한 그 복장이…… 명왕성으로 가는 데 필요한 열쇠인가 보네."

"정답."

하지만 대략적인 상황을 이해했음에도 불구하고, 훈이에게는 한 가지 궁금증이 남아 있었다.

"그런데 어떤 식으로 콘텐츠가 이어지는 거야?"

"뭐가?"

"그 갑옷을 착용하면, 명왕성이 어디에 있는지 알 수 있는 거야?"

히든 피스라고는 해도 어쨌든 착용 장비의 성격을 가진 아이템들이 어떤 식으로 명왕성 콘텐츠와 이어지는 건지 짐작이 잘 되지 않았으니 말이다.

하지만 훈이의 그 의문은 더 이어질 수 없었다.

이안이 질문에 뭐라 대답하려던 순간.

고오오오-!

"으응……?"

그가 착용한 갑주가 검붉은 빛으로 빛나기 시작하더니, 두 사람의 앞에 반투명한 무언가가 나타나기 시작한 것이다.

"……?"

이어서 그 의문의 그림자를 상반된 표정으로 지켜보는 두 사람.

"뭐야, 무서워, 형. 이게 뭐야?"

"오, 이게 이런 식으로 작동하는 거였군."

그리고 잠시 후, 훈이는 이안의 대답을 듣지 않았음에도 불구하고 모든 의문을 한 번에 해결할 수 있었다.

"뭐야, 얘가 거기서 왜 나와?"

둘의 앞에 나타난 반투명하고 검붉은 그림자의 존재는 다름 아닌 '제이칸'의 혼령이었던 것이다.

라타르칸의 기사단장 출신(?)인 제이칸이라면, 명왕성의 위치를 모르는 게 더 이상할 터.

그러니 그를 소환할 수 있는 매개체가 이 갑옷이라면, 모든 것이 설명되는 것이다.

그리고 모든 의문이 풀린 훈이와 별개로 제이칸의 혼령과 눈이 마주친 이안.

"하이, 방가 방가."

씨익 웃으며 손을 흔드는 이안을 보며, 제이칸의 표정은 삽시간에 굳어졌다.

—거, 건방진 인간 놈……! 네놈이 대체 왜 여기 있는 건가!

"글쎄, 조금만 생각해 보면 알 텐데."

—설마, 네놈……! 망령의 봉인을……!

"빙고!"

—크아아악!

어쩐 이유에서인지, 이안을 앞에 두고 부들부들 떠는 제이칸의 혼령.

그리고 그런 그를 응시하는 이안의 눈앞에는 다음과 같은 시스템 메시지들이 떠올라 있었다.

띠링—!

—완성된 '망령의 봉인'을 해제하였습니다.

—죽음의 기사단 세트에 봉인되어 있던, 고대의 원혼을 소환합니다.

—라타르칸의 기사단장 '제이칸'의 원혼을 소환하였습니다.

……중략……

—조건이 충족되었습니다.

—소환된 원혼을 복종시키시겠습니까? (Y/N)

—만약 대상을 제압하는 데 실패한다면, 원혼이 방생됩니다.

이안과 제이칸이 언급한 망령의 봉인.

그것은 무척이나 재밌는 개념이었다.

망령의 봉인

명왕이 죄인에게 내릴 수 있는, 명계에서 가장 강력한 형벌입니다.
형벌을 받은 혼령은 자신이 가장 아끼던 세 가지 물건에 의해 영혼이 봉인 당하게 되며, 기약 없는 억겁의 시간 동안 참기 힘든 고통을 받게 됩니다.
형벌이 내려진 순간, 망령이 깃든 물건들은 명계의 어딘가로 흩어지며, 혼령이 고통에서 벗어나기 위해서는 누군가 이 세 가지 물건을 다시 한자리에 모아 봉인을 해제해 줘야만 합니다.
*만약 봉인을 해제한 이가 원혼의 자유를 원치 않는다면, 그를 제압해야만 형벌에서 벗어날 수 있습니다. (그를 제압하지 않는다면, 다시 봉인됩니다.)
*만약 그를 제압하는 데에 실패한다면, 그의 권속이 되어야 합니다.

이안이 손에 넣은 죽음의 기사단장 세트는 제이칸의 원혼이 봉인되어 있던 히든 피스였다.

그리고 그를 제압하여 권속으로 만드는 것이 숨겨진 콘텐츠로 가는 열쇠였던 것.

그렇다면 이안은 제이칸을 소환해 보지 않았던 시점에서, 이것이 명왕성과 이어진 콘텐츠라는 사실을 어떻게 알았던 것일까?

그 이유는 사실 간단하였다.

이안은 망령의 봉인을 해제하기 전, 이미 히든 퀘스트를 받은 상태였으니 말이었다.

배덕의 기사단장(히든)(에픽)(연계)

명왕 라타르칸의 기사단장이자 그를 배신한 배덕의 기사인 제이칸. 그가 라타르칸을 배신한 이유는, '초월의 길'을 가기 위해서였다.
중간자의 위격을 넘어 입신入神의 경지에 발을 딛고자 하는 초월자에 대한 열망과 탐욕이 배신을 낳은 것이다.
하지만 그는 결국 실패하였고, 라타르칸에 의해 '망령의 봉인' 형벌을 받게 되었다.
……중략……
당신은 그의 원혼이 봉인된 세 가지 세트 피스를, 전부 손에 넣는 데 성공하였다.
하여 다시 완성된 망령의 봉인을 해제한다면, 형벌로 인해 허약해진 그의 원혼을 불러올 수 있을 것이다.
그로부터 명왕성에 숨겨진, 초월의 길에 대한 정보를 얻어내자.
만약 그 정보를 토대로 '라타르칸의 명왕성'에 잠입할 수 있다면, 제이칸이 가고자 했던 '초월의 길'에 대한 단서를 얻을 수 있을 것이다.
퀘스트 난이도 : SS+
퀘스트 조건 : '중간자'의 위격을 가진 자, 제이칸이 봉인된 '망령의 봉인'을 완성한 자
제한 시간 : 없음
보상 : '죽음을 초월한 자' 연계 퀘스트 발동, '죽음의 기사단장' 세트 피스 티어 상승, 명성(초월)+5,000
*만약 제이칸의 원혼이 방생된다면, 퀘스트는 소멸됩니다.

'결국 이 혼령의 탑에 중요한 단서가 있었던 건 맞았어.'

이안은 퀘스트에서 이야기하는 초월의 길이, 자신이 가고자 하는 길과 다를 바 없다는 것을 확신하였다.

결국 그가 혼령의 날개를 얻고자 하는 것도 성운을 밟기

위함이었으며, 성운을 밟는 것이 상위 차원계로 가기 위해, 가장 먼저 선행되어야 하는 전제 조건이었으니 말이다.

'에픽 연계 퀘스트인 것만 봐도 충분히 냄새가 나. 이 퀘스트를 진행하다 보면, 혼령의 날개에 대한 단서를 분명 찾을 수 있을 거야.'

물론 이 모든 단서를 명확히 얻기 위해서는 한 가지 조건이 충족되어야만 한다.

그것은 바로 이안이, 소환된 제이칸의 원혼을 제압할 수 있어야 한다는 것.

하지만 이미 한 차례 제이칸을 제압했던 이안에게, 그것은 그리 어려운 조건이 아니었다.

심지어 이안이 제압했던 제이칸은 봉인되던 시점에 만들어진 제이칸의 환영이었고, 망령의 봉인이 해제되며 소환된 제이칸의 영혼은 형벌로 인해 허약해질 대로 허약해진 그의 원혼原混이었으니 말이었다.

그리고 그것이 바로, 제이칸이 식겁할 수밖에 없었던 이유였다.

'하필 이 괴물 같은 인간에게……!'

억겁의 세월 동안 고통 받던 그의 입장에서, 망령의 봉인이 해제되는 것은 고통에서 해방될 수 있는 소중한 기회였는데, 하필 봉인의 주인이 이안인 탓에 수천 년 만에 처음 온 기회를 날려 먹게 생겼으니 말이었다.

제이칸 또한 지금 시점에서 그의 힘으로, 이안을 제압하는 것이 불가능하다는 것을 인지하고 있는 것이다.

'으, 으으……!'

하지만 그렇다고 해서 인고의 시간을 견뎌 온 이 소중한 기회를, 그대로 발로 차 버릴 수는 없는 노릇.

간신히 충격에서 벗어난 제이칸은 이안을 향해 천천히 다시 입을 열었다.

어떻게든 이안을 구슬려, 이 고통스러운 형벌에서 벗어나기 위해서 말이다.

-원하는 게 뭔가 인간.

제이칸의 떨리는 목소리를 들은 이안이 피식 웃으며 대꾸하였다.

"지금 나랑 딜을 하려는 거야?"

-비슷하다.

"뭐 내가 원하는 거야 많지만…… 지금 이 순간 필요한 건 하나야."

-……?

"일단 널 내 권속으로 만드는 것."

이안의 말을 들은 제이칸은, 다시 혼미한 표정이 될 수밖에 없었다.

지금 이안의 권속이 되어 버린다면, 그에게 미래(?)는 없는 것이나 다름없었으니 말이다.

영겁의 고통에서야 어느 정도 해방되겠지만, 기약 없는 세월 동안 이안의 노예로 살아야 했으니까.

지금 제이칸이 원하는 가장 본질적인 것은 고통으로부터의 해방보다도 영혼의 자유였다.

―그건…… 그럴 수 없다.

"그래……?"

―내가 줄 수 있는 다른 걸 이야기해 봐라, 인간.

"내가 왜 그래야 하지?"

―……!

"네게 지금 선택권이 있다고 생각하는 거야?"

이안은 심판대검을 빙글빙글 돌리며, 여유 넘치는 표정으로 제이칸에게 다가갔다.

제이칸을 제압할 자신이 있는 이안의 입장에서는, 사실 그와 딜을 할 이유가 없다고 생각했으니 말이다.

하지만 재밌게도 이안의 그 생각은 잘못된 것이었다.

제이칸에게는 이안이 생각지도 못했던, 한 가지 선택권이 존재했으니 말이었다.

―물론이다, 인간.

"뭐……?"

―네놈의 권속이 되지 않을 선택지가 내게 한 가지 정도는 있단 말이다.

"그게 뭔데……?"

―다시 봉인되는 것.

"……!"

영겁의 고통을 감수하고라도 다시 망령의 봉인 안에 제발로 들어갈 수 있는, 이안으로서는 예상할 수 없었던 선택지가 존재했던 것이다.

"이런 미친……!"

그리고 지금의 이 상황은 사실 이안이기 때문에 일어난 무척 특수한 경우였다.

만약 제이칸이 이안에 대해 몰랐거나 그를 이길 수 있다고 판단했다면, 존재할 수 없었던 선택지였으니 말이다.

아이러니하게도 제이칸이 이안을 이길 수 없다고 판단했기 때문에 오히려 이안으로서는 일이 꼬여 버린 것이다.

'하, 뭐 이런 미친놈이 다 있어?'

하여 이안은 어쩔 수 없이, 제이칸과 딜을 해야만 했다.

"후, 그럼 네가 원하는 건 뭔데?"

-그야 당연히…… 영혼의 자유.

이안과 눈이 마주친 제이칸이 다시 천천히 입을 열기 시작하였다.

망각의 강 레테를 넘어 펼쳐진 광활한 어둠의 평원.

에레보스의 끝자락이자 무한지옥 타르타로스로 이어지는

이 공허한 땅 위를 거대한 드래곤 한 마리가 비행하고 있었다.

번쩍번쩍 윤기가 흐르는 시커먼 비늘을 가진, 유려한 몸체의 멋들어진 신룡.

모처럼 본체로 현신한 루가릭스의 등에는 훈이와 이안이 타고 있었으며, 그들의 옆에는 제이칸의 혼령이 두둥실 떠올라 있었다.

-오랜만에…… 타르타로스를 밟아 보겠군. 비록 망령의 상태이긴 하지만 말이지.

나직한 목소리로 중얼거리는 제이칸의 목소리에, 옆에 있던 훈이가 그를 슬쩍 응시하며 입을 열었다.

"그러니까 그 타르타로스라는 곳에 명왕 라타르칸의 명왕성이 있다는 거지?"

-그렇다, 꼬마.

다시 봉인되는 것도 불사하겠다는 제이칸 덕에, 생각지도 못했던 변수를 만났던 이안.

하지만 결론적으로 그 변수는 큰 무리 없이 해결되었다.

'제이칸'이라는 강력한 죽음의 기사를 권속으로 만들지 못한 것은 아쉽지만, 그래도 퀘스트를 진행하는 데에는 문제가 없이 대화가 풀렸으니 말이다.

결국 '배덕의 기사단장(히든)(에픽)(연계)' 퀘스트의 클리어 조건은 제이칸에게 정보를 얻어 명왕성에 성공적으로 잠입하는 것이었고.

이안과 이야기가 잘 풀린(?) 제이칸은 지금 이렇게 두 사람을 명왕성으로 데려다주고 있었으니까.

그리고 예상보다 순조롭게 일이 풀린 것은 명계의 재미있는 시스템 덕분이라 할 수 있었다.

"근데 제이칸."

-말하라, 꼬마.

"저 음흉한 형이 약속을 안 지키면 어쩌려고, 그렇게 쉽게 제안을 수락한 거야?"

"내가 음흉하다니."

"당연하지. 내가 본 사람 중에 제일 음흉하다고."

투덕거리는 이안과 훈이를 잠시 지켜본 제이칸이, 고개를 절레절레 저으며 다시 입을 열었다.

-그럴 일은 없으니 걱정할 것 없다, 꼬마.

"뭐지, 나도 못 믿는 형을 네가 믿는다고?"

-저 괴팍한 인간을 믿는 게 아니다.

"음……?"

-스틱스강에 대고 한 맹세는 설사 신이라 해도 어길 수 없으니까.

명계의 다섯 번째 강이자 '증오의 강'이라는 수식을 가진, 타르타로스와 엘리시움 너머에 흐르는 광활한 강 스틱스.

적어도 명계에서만큼은 이 스틱스강에 대고 한 맹세는 절대로 어길 수 없는 것이 카일란의 시스템이었고.

그 덕에 별다른 무리 없이, 이안과 제이칸의 거래가 성사

될 수 있었던 것이다.(물론 유저끼리의 맹세에는 스틱스강이 효력을 발휘하지 못한다.)

이안이 명왕성에 무사히 도착하고 그곳에서 '혼령의 날개'에 대한 단서를 얻을 때까지 제이칸이 성심껏 도와주면, 이안은 제이칸에게 영혼의 자유를 주기로 한 것.

그렇다면 대체 스틱스강에 대한 맹세는 어떤 식으로 강제 집행(?) 되는 것일까.

그것은 의외로 간단했다.

"맹세를 어기면 어떻게 되는데?"

–타르타로스에 갇히게 된다.

"얼마나 오래……?"

–그건 나도 모른다.

"응?"

–지금껏 살아오면서, 스틱스강에 대고 한 맹세를 어기는 존재는 본 적이 없으니까.

"……."

제이칸은 스틱스강에 대고 한 맹세를 어기는 것을 본 적이 없다고 하였지만, 실제는 조금 달랐다.

애초에 NPC와 스틱스강에 대고 맹세를 한 순간, 그것은 시스템 로그에 기록되고, 맹세를 이행할 시점이 되면 시스템이 강제로 집행해 버리는 방식이었으니 말이다.

때문에 타르타로스에 갇힐 일이 없었으니, 얼마나 오래 갇히는지도 알 방법이 없었던 것.

“저 형이 최초로 맹세를 어길 수도…….”

그렇게 셋이 대화를 나누는 동안, 평원에 내리깔린 어둠은 점점 더 짙어져 갔다.

“제이칸, 명왕성까지는 얼마나 더 가야 하는 거야?”

–다 와 간다. 이제 곧 타르타로스가 보일 거다.

“오오……!”

–이제부턴 최대한 낮게 비행하는 게 좋을 거야.

“그건 왜?”

–명왕성의 척후병들에게 발각당한다면, 네가 하려던 계획은 시작조차 해 보지 못할 테니까.

“아하, 그렇군.”

그리고 대략 10여 분 정도가 지났을 즈음.

–저기군.

“오……!”

일행의 눈앞에 가히 장관이라 할 만한 광경이 펼쳐지기 시작하였고, 이안은 저도 모르게 낮은 목소리로 중얼거렸다.

“천국과 지옥이 한자리에 공존한다면…… 이런 모습일지도 모르겠네.”

명계라고는 믿을 수 없을 만큼 새하얗고 성스러운 빛깔이 넘실거리는 대지와, 그 아래로 시커멓게 내리깔린 섬뜩한 어둠의 심연.

끝없이 펼쳐진 지평선을 기준으로, 너무도 상반된 풍경이 위아래에 공존하고 있었으니 말이다.

그리고 이안의 그 혼잣말을 들은 제이칸이 살짝 놀란 표정으로 대꾸하였다.

—통찰력이 제법이군.

"뭐가……?"

—이곳이 네가 말한 대로, 천국과 지옥의 갈림길이니 말이다.

"……!"

일행의 눈앞에 펼쳐진 이 신비로운 장관이 바로, 천국과 지옥의 갈림길.

정확히는 타르타로스와 엘리시움으로 나뉘는 차원의 갈림길이었던 것이다.

"기왕이면 천국으로 가고 싶은데……."

훈이의 중얼거림에, 제이칸이 피식 웃으며 말하였다.

—지금 당장 천국으로 갈 방법이 하나 있긴 하지.

"응?"

—중간자의 위격을 포기하고, 평범한 영혼으로서 '사망'하면 된다.

"……."

—아, 그럼 지옥으로 떨어지려나.

"왜 이러실까. 나, 생각보다 착한 사람이라고."

실없는 대화를 나누던 이안과 훈이, 그리고 제이칸은 천천히 지상으로 내려와 루가릭스의 등에서 내렸다.

그리고 그렇게 조금 더 차원의 갈림길에 가까워지자, 이안의 시야에 드디어 명왕성의 윤곽이 보이기 시작하였다.

이안이 제이칸을 불러낼 수 있었던 매개체인, '죽음의 기사단장' 세트 장비들.

이것은 퀘스트 발동의 트리거이자 제이칸을 소환할 수 있는 매개체임과 동시에, 한 가지의 기능을 더 가지고 있었다.

명왕성에 잠입하기 위한 아주 중요한 조건 중 하나가 바로, 이 기사단장 갑주를 착용하는 것이었던 것이다.

-꼬마, 넌 여기서 기다려라.

"응? 여기서?"

-그 복장으로 같이 들어갔다간, 곧바로 경비단에게 척살당할 거다.

"오호……?"

전직 라타르칸의 기사단장이었던 제이칸의 갑주는 당연히 라타르칸 기사단 갑주였다.

그 때문에 그 복장을 착용할 수 있는 이안은 큰 의심을 받지 않고 명왕성 내부로 들어갈 수 있었지만, 일반적인 흑마법사의 로브를 입고 있는 훈이는 달랐던 것이다.

"그럼 훈이는 들어갈 방법이 없는 거야?"

이안의 물음에 제이칸이 고개를 저으며 답했다.

—아니, 방법은 있다.

"뭔데?"

—왕성 내의 마도 상점에서 죽음의 로브를 사다 주면 되지.

"죽음의 로브……?"

—대충 5천 데스코인 정도면, 괜찮은 물건으로 구입할 수 있을 거다.

"……."

현금 가치로 수천만 원에 달하는 액수를 아무렇지 않게 말하는 제이칸 덕에, 순간적으로 어이없는 표정이 된 이안.

하지만 그런 이안과 별개로, 훈이는 능글맞게 웃으며 한마디 거들었다.

"얼른 사다 주시죠, 형님. 제가 직접 가서 사고 싶지만, 저는 명왕성에 들어갈 수 없으니…… 아무래도 형님께서 사다 주셔야겠네요."

그 죽음의 로브라는 게 단순히 위장용이 아닌, 강력한 초월 장비일 것이라는 직감이 강하게 들었으니 말이다.

'NPC 상점에서 5천 코인이나 하는 로브라면, 실제 가치는 몇 배 이상으로 비쌀지도.'

어쩌면 최상급 장비를 공짜로 얻을 수 있을지도 모르는 기회였으니, 훈이의 입장에서는 기분이 좋을 수밖에 없었던 것이다.

물론 이안이, 훈이의 기대대로 호락호락하게 넘어가 주지는 않았지만 말이다.

"코인 내놔."

"에이, 형님. 무슨 그런 섭섭한 말씀을……."

"그럼 앤 그냥 버리고 가지, 뭐."

"아, 형……! 그건 좀 너무한 거 아니오."

정말 망설임 없이 등을 돌려 명왕성으로 향하는 이안.

"가자, 제이칸."

그런 그의 모습에, 훈이는 다급히 손을 휘휘 저었다.

"아, 잠깐! 잠깐!"

"왜 또."

"그럼 딱 반반으로 합시다."

"흠."

"어쨌든 형 퀘스트 때문에 여기까지 온 거니까, 내가 쓸 로브를 산다 해도, 형이 절반 정도는 내줄 수 있는 것 아니겠어?"

훈이의 간절한 표정을 잠시 응시한 뒤, 천천히 고개를 끄덕이는 이안.

"좋아, 콜."

"후우, 짠돌이 같으니라고……."

그런 이안을 보며 훈이는 고개를 절레절레 저었고, 훈이와의 딜을 마친 이안은 다시 명왕성을 향해 걸음을 옮기기 시작하였다.

그리고 그런 둘을 지켜보던 제이칸은 나직한 목소리로 중얼거렸다.

—하나는 확실히 알겠군.

"뭐가?"

—너희 둘 다, 천국은 글렀다는 사실 말이지.

"왜!"

이안의 반발에, 제이칸이 간결하게 대답하였다.

—엘리시온에서는 웬만하면 이기적인 영혼을 받아 주지 않거든.

이안이 제이칸과의 딜을 성사시킨 뒤, 그로부터 들었던 '혼령의 날개'에 대한 정보는 다음과 같은 것이었다.

—혼령의 날개라…… 그것에 대해 아는 중간자를 만나게 될 줄이야.

"그런 말을 하는 것을 보니, 너는 알고 있나 보군."

—물론이다. 내가 가려던 초월의 길…… 혼령의 날개 또한, 그것과 관련이 있으니까.

먼저 제이칸은 자신이 혼령의 날개를 얻으려 했던 이유에 대해 설명하였다.

그리고 그것은 이안이 예상했던 대로, 한계를 초월하여 신격을 얻기 위함.

하지만 여기서 한 가지 재밌는 사실이 있었으니, 혼령의 날개를 사용하려 했던 방식이 이안과는 조금 다르다는 점이었다.

—망자가 신격을 얻기 위해서는 스틱스를 넘어 망령의 문을 통과해야만 한다.

"망령의 문……?"

—이 명계를 처음 만드신 죽음의 신 하데스께서, 이곳에 강림하실 때 만들어진 문이지.

"오호?"

—고대의 명왕들 중 이 망령의 문을 넘어, 신격을 얻은 분이 존재한다는 이야기가 있다.

"그런데 혼령의 날개를 이야기하다 말고, 이 얘긴 왜 하는 거지?"

—그 망령의 문에 도달하기 위해 내게 필요했던 물건이, 바로 혼령의 날개였으니까.

"아하, 그럼 너 또한 혼령의 날개를 얻지 못해서, 신격을 얻는 데 실패한 건가?"

—아니, 그건 아니다.

"그럼?"

—나는 애초에 혼령의 날개가 필요하기도 전, 라타르칸 왕께 패배하여 망령의 형벌을 받았으니까.

"그렇군."

이안이 혼령의 날개를 얻어야 하는 이유는, 세 가지 성물을 전부 모아 성운을 밟기 위함이다.

이 성운의 끝에 신계가 있을지는 아직 알 수 없었지만, 적어도 지금까지 경험했던 중간계보다 더 고차원적인 콘텐츠들이 많이 있을 테니 말이다.

반면에 제이칸의 경우에는 '망령의 문'이라는 곳을 통과하기 위해 이 혼령의 날개가 필요하다.

둘 모두 한계를 초월하기 위한 도구로서 혼령의 날개가 필요한 것이기는 했지만 상황은 약간 다른 것이다.

-혹여나 혼령의 날개를 얻어 나처럼 망령의 문을 통과하려 하는 것이라면, 일찌감치 포기하는 게 좋을 거다, 인간.

"왜?"

-아무리 혼령의 날개가 있다 한들, '망령의 문'은 망자가 아닌 자를 포용하지 않으니 말이다.

"그렇군."

하지만 이러한 사실이 아무리 재미있다고 한들, 지금 이안에게 가장 필요한 정보는 따로 있는 것.

"그래서 혼령의 날개라는 거. 어디서 얻을 수 있는 건데?"

-흠, 혼령의 날개를 얻을 수 있는 방법은…….

"방법은?"

-한 가지가 아니다.

"어……?"

그리고 제이칸의 입에서 나온 그에 대한 이야기들은 무척이나 흥미로운 내용을 담고 있었다.

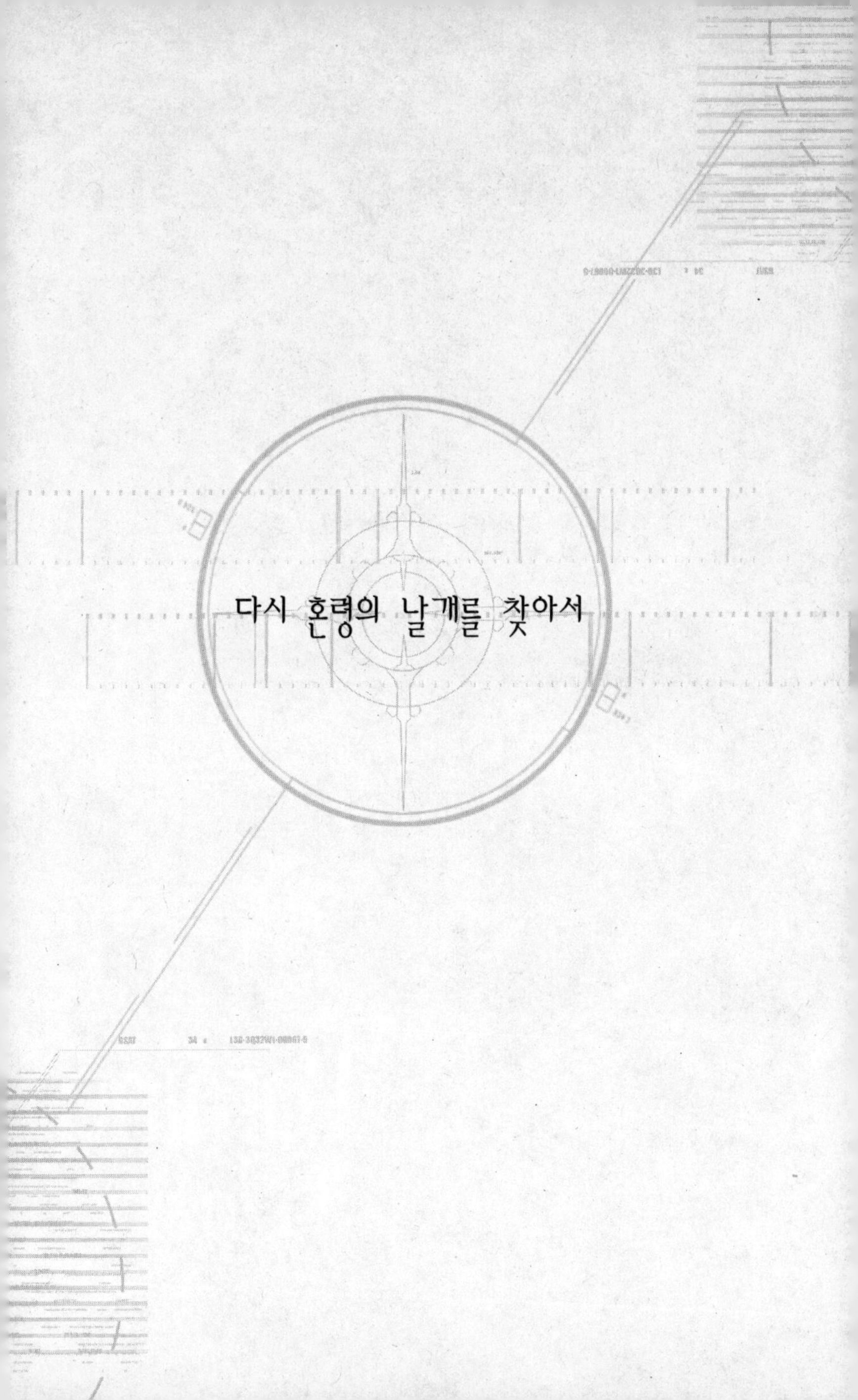

다시 혼령의 날개를 찾아서

Taming
Master

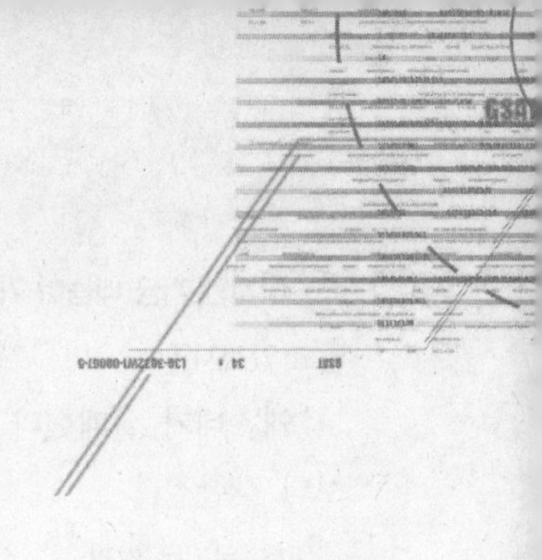

'혼령의 날개'를 구할 수 있는 방법.

제이칸이 언급한 그 방법은 총 세 가지로 정리할 수 있었다.

첫째.

-명왕이 되면 된다.

"뭐?"

-명왕을 쓰러뜨리고 그 위位를 계승하면, 혼령의 날개를 얻을 수 있다는 말이다.

"네가 라타르칸을 배신했던 이유가…… 이거였겠군."

-뭐, 비슷하다.

"흐음……."

—하지만 지금 네놈이 가진 힘으로는 불가능한 방법이라는 것 정도는 알고 있겠지?

"왜? 네가 실패했다고 나도 실패하라는 법 있나? 내가 너보다 강한걸."

—후, 웃기는 소리.

"……?"

—그대가 상대했던 내 환영은 내가 전성기 때 가졌던 힘의 절반도 채 갖지 못했다.

"오호, 그래……?"

—그러니 이 방법을 시도해 볼 생각이라면, 미리 접는 게 좋아.

"그럼 대체 왜 얘기해 준 건데?"

—방법은 방법이니까 얘기해 준 것뿐이다.

"……."

그리고 둘째.

—하데스 님의 인정을 받고, 그의 친위대가 되는 방법이 하나 있다. 그의 친위대는 모두 혼령의 날개를 가지고 있지.

"하데스라면…… 이 타르타로스를 만들었다는 죽음의 신?"

—그렇다.

"그의 인정을 받으려면 어떻게 해야 하는데?"

—신들의 전쟁에 참가하면 된다.

"신들의 전쟁은 또 뭐야?"

–그건 나도 모른다.

"뭐?"

–나도 아직 참전해 본 적이 없거든.

"참전하려면 어떻게 해야 하는데?"

–하데스 님의 간택을 받아야 한다.

"후우, 그걸 말이라고……."

제이칸의 입에서 나온 첫 번째와 두 번째 방법까지 들은 이안은 어이없는 표정이 될 수밖에 없었다.

이 정도면 거의 솔루션을 주는 게 아니라, 약을 올리는 수준이었으니 말이다.

–명계에서 열심히 명성을 쌓다 보면, 다음 신들의 전쟁에 간택받을 수 있지 않을까?

"기약이 없잖아."

–그건 그렇지.

"내겐 당장 시도해 볼 수 있는 가시적인 방법이 필요하다고, 친구."

–가시적인 방법이라…….

"뭐가 있긴 있는 거야……?"

–그렇다면 결국, 이 방법밖에는 없겠군.

"……!"

–어쩌면 너만이 가능할지도 모르는 방법.

"그게 뭔데?"

하지만 다행히도 그의 입에서 나온 마지막 방법은, 앞의 방법들처럼 뜬구름 잡는 것은 아니었다.

-'혼령의 깃털'을 모아, 직접 혼령의 날개를 제작하는 방법이…… 네가 해 볼 수 있는 유일한 방법인 것 같다, 인간.

"혼령의…… 깃털?"

-그래. 가장 원론적인 방법이지만, 그와 동시에 가장 확실한 방법이기도 하지.

"혼령의 깃털은 어디서 구하는데?"

-혼령의 새를 처치하면 얻을 수 있을 거다.

"혼령의 새? 그런 것도 있어?"

-정확한 이름은 카루아르크. 타르타로스의 뇌옥을 지키는, 하데스 님의 신조神鳥들이지.

제이칸의 이야기를 듣는 이안의 머리가 빠르게 회전하기 시작하였다.

'혼령의 새를 잡아서 깃털을 파밍하라는 거지. 결국.'

그리고 그와 동시에, 이안은 한 가지 의문점이 생길 수밖에 없었다.

"그런데 제이칸."

-말하라, 인간.

"이런 방법이 있었으면, 넌 왜 쓰지 않았어?"

-음……?

"그렇잖아. 카루아르크인지 뭔지 그 새를 내가 잡을 수 있으면, 과거의 너도 분명 잡을 수 있었을 테니까."

-왜 그렇게 생각하지?

"네 입으로 그랬잖아. 전성기 시절의 너는 지금의 나보다도 훨씬 강했다고."

-그렇지.

"그럼 당연히 카루아르크도 잡을 수 있었던 것 아냐?"

이안의 말을 듣던 제이칸이 피식 웃으며 대꾸하였다.

-그건 아니다.

"어째서?"

-카르아루크는, 망자亡者에게 있어서 천적이나 다름 없는 녀석이거든.

"으음……?"

이어서 그 대답을 들은 이안은 흥미로운 표정이 되었다.

'망자라면 아무래도 언데드를 말하는 것 같은데…….'

이 카르아루크라는 혼령의 새가, 뭔가 특수한 특성을 가지고 있는 듯 보였으니 말이다.

그리고 이어진 제이칸의 말을 듣자, 이안은 고개를 끄덕일 수밖에 없었다.

-혼령의 새 카르아루크는, 처음부터 타르타로스를 지키기 위해 하데스께서 창조하신 종種이다.

"오호……?"

-망자로부터 받은 공격에는 그 어떤 피해도 입지 않는 아주 특수한

능력을 가진 녀석이지.

잠시 뜸을 들인 제이칸의 입이 다시 천천히 열리기 시작하였다.

—죄를 짓고 타르타로스에 갇힌 망자들이 탈출하거나 허튼짓을 할 수 없도록, 그들을 감시하는 역할을 하는 녀석들이라고 생각하면 된다.

"언데드 이뮨인가……?"

—그런 셈이다.

고개를 주억거린 이안이 중얼거리듯 입을 열었다.

"흠, 그렇다면 확실히, 아무리 네가 강력했다 한들 잡을 생각을 할 수 없었겠군."

—물론이다. 카르아루크는 명왕이라 해도 잡을 수 없는 녀석이니까.

제이칸과 대화를 나누던 이안의 입가에 슬쩍 미소가 걸렸다. 이제 대략적인 그림이 머릿속에 그려지고 있었으니 말이다.

"그래, 좋아. 그럼 깃털은 그 혼령의 새라는 녀석들을 털어서 모으면 되겠고."

—쉽진 않겠지만, 너 정도의 힘을 가졌다면 불가능한 일은 아닐 것 같군.

"그럼 모은 깃털로 날개를 만드는 방법은…… 어디서 도안이라도 구해야 하는 건가?"

—그럴 필요는 없다. 도안 같은 게 있는 물건도 아닐뿐더러, 도안이 있다 해도 네가 직접 만들 수 있을 만한 물건은 아니니까.

"그럼……?"

다시 당황한 이안의 표정에, 제이칸이 히죽 웃으며 다시 입을 열었다.

-후후, 걱정할 거 없다. 지금 우리가 가는 곳에, 혼령의 날개를 만들 수 있는 존재가 있으니까.

"지금 우리가 가는 곳이라면…… 명왕성 내에 있다는 그 마도 상점?"

-그래. 그곳의 주인이라면, 충분히 혼령의 날개를 제작할 수 있는 역량을 가지고 있지.

"휴우."

제이칸의 이야기에 이안은 안도의 한숨을 내쉬었다.

혼령의 날개를 얻기 위한 길이 더 복잡하게 꼬일까 걱정했는데, 일단 지금까지 들은 대로라면 길 자체는 명확했으니 말이다.

'타르타로스 뇌옥을 지키는 혼령의 새들을 잡아서 혼령의 깃털을 파밍하고…… 그것을 모아서 마도 상점 주인에게 가면, 혼령의 날개를 완성할 수 있다는 거지.'

제이칸에게 들은 이야기들을 머릿속에 한 차례 정리하며, 하나씩 계획을 세우는 이안.

"깃털은 몇 개나 모아야 되는 거야?"

-그야 나도 모르지.

"음?"

-그런 건 라르덴에게 물어보도록.

"라르덴?"

-마도 상점 주인의 이름이 라르덴이다.

"아…… 그렇군."

그리고 이안이 이렇게 제이칸에게 정보를 얻고 계획을 세우는 사이.

끼이잉-! 쿠구구궁-!

이안과 제이칸은 드디어, 거대한 라타르칸 명왕성의 앞에 도착할 수 있었다.

윤곽마저 묻혀 버릴 만큼, 시커멓고 거대한 벽돌들로 만들어진 거대한 성곽.

그 성곽에 달린 거대한 회백색의 문이 열리더니, 그 안에서 경비병으로 보이는 NPC들이 문 밖으로 걸어 나온다.

그러자 그 모습을 본 제이칸이 이안을 향해 속삭이듯 이야기했다.

-그럼 무운을 빌도록 하지.

"뭐? 어디 가?"

-내가 옆에 있으면, 의심을 받을 수밖에 없다.

"음……?"

―지금 나는 망령도, 그렇다고 생령도 아닌…… 저들의 입장에서는 이해할 수 없는 존재일 테니 말이다.

"아하."

―필요할 때 다시 부르도록.

"오케이."

―명왕성 안에서는 부르지 않는 편이 좋을 거야.

"……."

이안을 향해 속사포처럼 말을 마친 제이칸이 허공에서 마치 꺼지듯 사라졌다.

그런 그가 사라진 자리를 잠시 응시하던 이안은 고개를 절레절레 저으며 속으로 생각하였다.

'흐음, 결국 명왕성 안에서는 제이칸의 도움도 받을 수 없단 말이군.'

물론 아직 반쯤 봉인 상태인 제이칸은 그 어떤 물리력도 행사할 수 없다.

그 때문에 이안이 이야기하는 도움이란, 제이칸의 정보력을 말하는 것.

'뭐, 어쩔 수 없지. 그래도 필요한 정보는 얼추 얻은 것 같으니 말이지.'

아쉬움에 살짝 입맛을 다신 이안은 천천히 걸음을 떼기 시작하였다.

그리고 밀려오는 긴장감을 풀기 위해, 눈을 감고 마음을 가다듬었다.

제이칸의 말대로라면 기사단의 복장을 입고 있는 이상 문제없이 정문을 통과할 수 있을 테지만, 그래도 실수라도 해서 정체가 들통난다면 모든 계획이 수포로 돌아가니, 최대한 긴장을 풀려는 것이다.

저벅– 저벅–.

'그래. 너무 긴장 말자. NPC 상대로 연기하는 건, 내 전문이니까.'

하여 뻣뻣해졌던 몸을 푼 이안은 자연스레 성문을 향해 움직였다.

그러자 그 앞에 서 있던 정찰병들이 이안을 향해 힘차게 거수경례를 하였으며.

"충성……! 기사님을 뵙습니다!"

"충……!"

"충성……!"

그 목소리를 들은 이안은 자연스레 경례를 받아 주며 성 안쪽으로 걸어 들어갔다.

'휴, 다행히 경례하는 건, 지상계의 왕실기사단이랑 다를 게 없네.'

그리고 다음 순간.

띠링–!

이안의 눈앞에, 퀘스트 조건 달성을 알리는 시스템 메시지들이 주르륵 떠오르기 시작하였다.

—라타르칸의 '명왕성'에 성공적으로 잠입하셨습니다!

—퀘스트 진행도 : 70%

—라타르칸의 '마도 상점'에 도착한다면, 퀘스트를 전부 완료할 수 있습니다.

명계에는 총 일곱 개의 명왕성이 존재한다.

그리고 그중 네 개의 명왕성이 지금 이안이 발을 디딘 '타르타로스'에 존재하는 명왕성이었으며, 나머지 세 곳의 명왕성이 엘리시움에 존재하는 명왕성이었다.

하지만 그렇다고 해서, 명왕성이 타르타로스와 엘리시움 안의 '국가' 같은 것은 아니었다.

타르타로스와 엘리시움 안에서 살아가는 존재들에게는, 오로지 명계의 주인인 하데스만 영향력을 끼칠 수 있었으니 말이다.

타르타로스는 무한뇌옥이라 불리는 명계의 지옥이며, 엘리시움은 낙원이라 불리는 명계의 천국일 뿐.

다만 명왕이 다스리는 명왕성은 이 타르타로스와 엘리시움을 보호하는 역할을 할 뿐이었다.

하지만 이러한 사실들을 정확히 몰랐던 이안은 명왕성 안의 모습에 조금 놀랄 수밖에 없었다.

'생각보다 그렇게 넓지 않잖아?'

이안은 그가 지상계에 세워 둔 왕국의 왕성만큼이나 명왕성이 넓을 것이라 짐작했었는데, 실제로 눈앞에 나타난 명왕성의 내부는 작은 소도시 수준밖에 되지 않았으니 말이다.

게다가 퀘스트의 영향인지, 미니 맵에는 친절히(?) 마도 상점의 위치까지 찍혀 있었고.

그 때문에 이안은 쉽게 목적지를 찾아 움직일 수 있었다.

'편해서 좋군.'

마도 상점의 좌표를 찾은 이안은 더욱 빠르게 걸음을 놀렸다.

그리고 그와 동시에, 퀘스트 창을 다시 한번 꼼꼼히 살펴보았다.

혹시 놓친 것은 없는지, 확인해 보기 위해서 말이다.

'음, 특별히 빼먹은 건 없는 것 같고…….'

퀘스트 창을 아래까지 꼼꼼히 다시 확인한 이안이 살짝 눈을 빛내었다.

퀘스트 내용에서 놓친 부분은 없었지만, 퀘스트가 어느 정도 진행되고 나서 다시 확인하니 새로운 정보가 보였던 것이다.

'그러고 보면 기사단장 세트의 티어 상승이라는 보상

은…… 이 마도 상점이랑 관련이 있겠어.'

이안이 지금 착용하고 있는 기사단장 세트 아이템들은 전설 등급의 초월 장비들이다.

하니 이 장비들의 티어가 상승한다면, 신화 등급까지도 노려볼 수 있을 터.

다만 보상이 어떤 식으로 부여될지 따로 생각해 본 적이 없었는데, '마도 상점'이라는 곳에 대한 정보를 알고 나니 그 연관성이 눈에 보인 것이다.

'정황상 마도 상점은 대장간이라기보다는 아티펙트 상점과 비슷한 느낌일 테고…… 혼령의 날개를 만들 수 있다는 라르덴이라는 NPC는 아티펙트 마법사겠지.'

하여 마도 상점의 앞에 도착한 이안은 기대에 찬 눈빛으로 문고리를 잡아 올렸다.

그리고 조심스럽게 문고리를 밀어, 천천히 안으로 들어가기 시작하였다.

마도 상점의 마魔는 마계의 첫 글자와 마찬가지로 마귀의 '마' 자를 사용한다.

하지만 마계의 첫 글자가 마족을 의미하는 것이라면, 마도 상점의 첫 글자는 마법을 의미하는 것.

그 때문에 이 마도 상점은 마족이나 마계와 관련 있는 곳은 아니었다.

오히려 망자들의 마법.

흑마법과 가장 밀접한 관련이 있는 특별한 마법 상점이라 할 수 있는 곳이었다.

띠링-!

-'마도 상점'에 도착하셨습니다.

-퀘스트 진행도 : 98%

-'마도 상점'의 주인 '라르덴'을 만난다면, 퀘스트를 완수할 수 있습니다.

눈앞에 떠오르는 간결한 메시지를 확인한 이안이 천천히 장내를 둘러보았다.

그리고 이안의 눈에는 금세 내부의 전경이 전부 담겼다.

'아기자기하네.'

마도 상점은 한 층이 그리 넓지 않았다.

소르피스의 마법 상점들과 비교해도, 그 규모가 절반 정도밖에 되어 보이지 않았으니 말이다.

하지만 그렇다고 해서 마도 상점의 규모가 작은 것은 아니었다.

마도 상점은 한 층 한 층이 좁은 대신, 무려 7층이나 되는 높은 층수를 가지고 있었으니 말이다.

끼이익-.

조심스레 걸음을 옮겨 장내로 들어간 이안은 가장 가까이 보이는 NPC를 향해 다가갔다.

조용히 움직임에도 불구하고 온몸에 걸치고 있는 기사단의 갑주 때문인지, 이안의 발소리는 작지 않았다.

저벅– 저벅–.

그리고 그 발소리를 들은 NPC가 이안의 앞에 다가와 입을 열었다.

“어찌 오셨습니까?”

온통 새카만 로브에 창백한 피부를 가진 남자.

유령인지 사람인지 분간하기 힘들 정도로 특이한 외모를 가진 그를 향해, 이안 또한 천천히 입을 열기 시작하였다.

“여기, 혹시 쓸 만한 로브가 있는지요?”

“쓸 만한 로브라면…….”

“죽음의 마법사들이 사용하는 괜찮은 로브를 구하려고 합니다.”

“아하, 죽음의 로브라면, 당연히 구비되어 있습죠.”

“몇 층으로 가야 합니까?”

“이쪽으로 오십시오. 최상품으로 찾아 드리겠습니다.”

이안을 상대하는 NPC의 태도는 무척이나 공손하였다.

그도 그럴 것이 마도 상점의 NPC들 또한 이안을 라타르칸의 기사로 인지하고 있었으니 말이다.

이곳 명왕성 내에서 명왕의 기사는 무척이나 높은 직위.

한낱 마도 상점의 아르바이트생(?)의 입장에서는 까마득히 높은 존재라고 할 수 있었다.

우우웅-!

이안을 대동한 NPC는 상점의 중앙으로 걸음을 옮겼다.

그리고 그곳에서 이안은 신기한 것을 발견할 수 있었다.

'뭐야, 엘리베이터인가?'

마치 백화점에서 볼 법한 둥글고 투명한 엘리베이터 같은 것이 마도 상점의 정중앙에 설치되어 있었으니 말이다.

하지만 이안의 생각은 절반 정도만 맞는 것이었다.

"이쪽으로."

그것의 용도는 엘리베이터와 거의 비슷한 것이었으나, 엘리베이터처럼 기계식으로 작동하는 것이 아니었으니 말이다.

위이잉- 파앗-!

이안이 그 안에 발을 디딘 순간, 순식간에 다른 층으로 순간 이동된 것.

'어우 씨, 깜짝이야.'

생각지도 못했던 워프에 이안은 당황했지만, 겉으로 티를 낼 수는 없었다.

지금 이 명왕성 안에서만큼은, 그는 이안이 아닌 라타르칸의 기사였으니 말이다.

하여 헛기침을 하는 이안.

"큼, 크흠."

다행히도 NPC는 그런 이안의 당황한 기색을 눈치채지 못한 것인지, 별다른 표정 변화 없이 다시 이안을 안내하였다.

"자, 이쪽에 찾으시는 죽음의 로브들이 있습니다."

"오호."

"기사님의 눈에 차실지는 모르겠지만……."

"하나씩 확인해 봐도 되겠습니까?"

"물론입니다."

NPC의 이야기를 들은 이안은 조심스레 로브들이 진열된 쇼윈도를 향해 다가갔다.

마치 백화점 명품관의 물건들처럼, 투명한 유리 상자 안에 고급스럽게 걸려 있는 까만 로브들.

'시커먼 천 쪼가리들을 뭐 이렇게 예쁘게 걸어 놨어?'

그리고 잠시 후.

"……!"

눈앞에 나타난 시스템 메시지들의 상태(?)에 이안은 두 눈이 휘둥그레질 수밖에 없었다.

–라타르칸 대마법사의 로브 : 17,540데스코인

–무한의 타르타로스 로브 : 23,980데스코인

–파괴의 마법사 로브 : 15,290데스코인

……후략…….

'이게 뭐야……?'

죽음의 로브가 비싸다는 것은 제이칸을 통해 미리 알고 이곳에 온 것이었지만, 그가 봉인되어 있던 오랜 시간 동안 물가가 상승(?)한 탓인지, 상상조차 못 했던 가격대들이 이안의 눈앞에 주르륵 떠올랐으니 말이었다.

마도 상점에 도착한 이안의 주된 목적은 사실 훈이의 로브가 아니었다.

지금 그에게 있어 가장 중요한 것은 이곳 마도 상점의 주인 라르덴을 만나 퀘스트를 완료하는 것이었으니 말이다.

라르덴을 만나 다음 연계 퀘스트를 받고 혼령의 날개 제작을 위해 움직이는 것이, 지금 이안에게는 최우선 과제였던 것이다.

다만 이안이 로브를 먼저 보려고 한 이유는 다른 것이 아니었다.

'다음 연계 퀘스트를 진행하려면, 훈이의 도움이 확실히 중요할 테니까.'

라르덴을 만나기 전에 죽음의 로브를 구입하여 훈이를 먼저 이 안으로 데리고 들어오는 것이, 퀘스트 진행을 더 수월하게 해 줄 것이라 생각한 것이다.

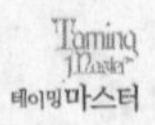

하지만 죽음의 로브들을 확인한 순간, 이안은 생각지도 못했던 난관에 봉착하고 말았다.

아무리 이안이라 해도 곧바로 구입할 수 없을 만큼, 로브의 가격이 비쌌던 것이다.

'무슨 천 쪼가리들이 이렇게 비싸냐고.'

물론 이안이 보유한 차원코인들이나 코인화 가능한 아이템들을 생각해 본다면, 1~2만 코인 정도는 퀘스트를 위해 사용하지 못할 정도가 아니었다.

하지만 그것과 별개로 지금 이안의 문제는 수중에 7~8천 코인 정도밖에 없다는 점이었다.

수십, 수백억의 자산가라 하더라도 현찰을 몇 억씩 들고 다니지는 않는 것처럼.

이안의 재산은 대부분, 길드 거점의 금고나 현물(?)에 묶여 있었으니 말이다.

'아, 돌겠네. 돈이 부족해서 퀘스트 진행이 막힌 건 또 처음이네.'

재벌3세 같은 대사를 속으로 중얼거리며, 점점 더 머리가 복잡해지는 이안.

당황한 그의 눈에는 로브의 옵션조차 제대로 들어오지 않았다.

일단 살 수 있어야 옵션도 의미가 있는 것이었는데, 지금의 상황에서는 방법이 없었으니 말이다.

'어쩌지? 지금 거점에 갔다 올 수도 없는데…….'

만약 플레게톤과 레테의 사이에 로터스의 거점이라도 있었다면, 상황이 조금 달랐을 수는 있다.

일단 거점으로 귀환해서 차원코인을 인출한 뒤, 길드 포탈을 이용해 레테까지 금방 갈 수 있으니 말이다.

하지만 지금 이안은 발러 길드의 도움 없인 다시 타르타로스에 도달하는 데 너무 오랜 시간이 걸린다.

일단 플레게톤을 넘는 퀘스트부터, 다시 찾아서 진행해야 하니 말이다.

'그렇다고 발러 길드에 다시 도움을 구하는 것도 그림이 안 좋은데…….'

지금 이안이 진행하는 퀘스트는 상위 콘텐츠에 직접적으로 연결되는 중요한 퀘스트다.

때문에 아무리 발러 길드라 해도, 한 발 걸칠 수 있게 여지를 두는 것은 이안으로서도 싫었다.

지금까지야 이안과 발러 길드가 서로의 도움을 등가 교환한 셈이라면, 여기서 발러 길드의 도움을 더 받는 것은 빚을 지는 셈이니 말이다.

'일단 라르덴인지 뭔지, 그 친구부터 한번 만나 봐야 하나?'

머리가 지끈거리는지, 고개를 절레절레 젓는 이안.

그런 이안의 속사정을 모르는 NPC가, 조심스레 그의 옆에 다가와 물었다.

"기사님, 혹시 물건이…… 마음에 들지 않으십니까?"

갑자기 들려온 NPC의 목소리에 이안은 흠칫했지만, 능숙하게 그의 말을 받아 대답하였다.

"하하, 그럴 리가요. 다만 제가 직접 쓸 물건이 아니다 보니…… 물건을 고르기가 무척 힘이 들군요."

그리고 너무나도 자연스런 이안의 임기응변에, NPC는 고개를 주억거리며 다시 말을 이었다.

"하긴, 기사님이시니…… 로브를 고르는 것은 쉽지 않으시겠군요."

다만 이안은 그와 대화를 나누는 도중에도, 계속해서 고민을 거듭해야만 했다.

직원의 다음 대사를 예측하고, 최대한 자연스럽게 그에 대답하기 위해서 말이다.

'으…… 자기가 골라 준다고 하면 어떡하지? 뭐라 변명해야 자연스러우려나…….'

하지만 그런 이안의 고민은 그리 길게 이어질 필요가 없었다.

직원의 말에 뭐라 대답하려던 이안의 귓전으로 낯선 누군가의 목소리가 들려왔으니 말이다.

"오호, 귀한 손님이 오셨군요."

그 목소리를 들은 이안과 직원의 시선은 동시에 소리가 들린 곳을 향해 움직였고.

"아, 마스터……!"

직원의 반응을 확인한 이안은 새로 나타난 인물의 정체를 어렵지 않게 추측할 수 있었다.

'저자가…… 마도 상점의 주인 라르덴인가?'

한눈에 보아도 고급스러운 차림새에, 마법사의 냄새를 풀풀 풍기는 남자.

그가 등장한 덕에, 이안은 좀 더 쉽게 선택장애(?)에서 벗어날 수 있었다.

'그래. 일단 퀘스트 진행을 먼저 해 보자. 훈이의 로브는…… 뭔가 방법이 생기겠지.'

물론 그런 이안의 결정 덕에, 훈이는 조금 더 오래 성 밖에서 대기해야 하는 신세가 되었지만 말이었다.

잠시 이안과 대화하던 라르덴은 곧 그를 마도 상점의 꼭대기로 데리고 갔다.

우우웅-!

이안이 타고 올라온 엘리베이터(?) 앞으로 라르덴이 손을 뻗자, 파랗던 워프의 불빛이 황금빛으로 변했으며.

"이쪽으로 오시지요, 기사님. 귀인께서 오셨는데, 차라도 한잔 대접하겠습니다."

라르덴의 안내에 따라 그곳에 발을 들이자, 마도 상점의 최상층으로 곧바로 이동된 것이다.

그 모습을 본 직원 NPC는 살짝 놀란 표정이 될 수밖에 없었다.

마도 상점의 꼭대기 층은 라르덴의 개인 공간이나 다름없는 곳이었고, 지금껏 그곳으로 손님을 모시는 경우는 그조차도 본 적이 없었으니 말이다.

그리고 라르덴의 호의에 놀란 것은 이안 또한 마찬가지였다.

'뭐지? 갑자기……?'

물론 명왕의 기사가 제법 높은 직위인 것은 맞지만, 그렇다 해서 마도 상점의 주인이 이렇게 귀빈 대우까지 해 주리라고는 생각지 못했으니 말이다.

'내가 생각했던 것보다 명왕의 기사라는 게…… 훨씬 더 높은 직책이었나?'

하지만 이안의 그러한 판단은 잘못된 것이었다.

"이쪽으로 오시지요."

"감사합니다, 라르덴 님."

라르덴이 이안을 자신의 연구실까지 데려온 이유는 표면적인 것이 전부가 아니었으니 말이었다.

또르륵-.

탁자를 가운데 두고 이안과 마주앉은 라르덴은 이안의 앞에 있는 컵에 따뜻한 찻물을 따라 주었다.

이어서 자신의 찻잔에 담긴 찻물을 한 차례 홀짝인 뒤, 천천히 입을 열었다.

"차향이 괜찮지요?"

라르덴을 따라 차를 한 모금 홀짝인 이안이 천천히 고개를 끄덕이며 답하였다.

"그러네요. 머리가 한결 맑아지는 느낌이군요."

이안의 대답은 빈말이 아니었다.

라르덴이 따라 준 차를 한 모금 마시는 순간, 실제로 머리가 맑아졌을 뿐 아니라 시스템 메시지까지도 떠올랐으니 말이었다.

띠링-!

-기분 좋은 차향이 온몸에 퍼집니다.

-30분 동안 모든 저항력이 3%만큼 증가합니다.

-30분 동안 모든 소모값의 재생력이 5%만큼 증가합니다.

'효과가 괜찮은데?'

요리도 아니고 단순히 차 한 잔으로 얻은 버프라는 부분을 생각하면, 이안으로서도 감탄할 만한 수준.

하지만 이안의 그러한 감상은 그리 길게 이어질 수 없었다.

다시 이안을 응시한 라르덴이 본론을 꺼내기 시작했으니 말이었다.

"갑자기 여기까지 모셔서 조금 당황하셨지요?"

"뭐, 그렇다기보다는……."

"사실 이곳으로 모신 것은…… 한 가지 여쭙고 싶은 게 있어서 그랬습니다."

"예……?"

잠시 뜸을 들인 라르덴이 천천히 다시 입을 열었다.

"지금 쓰고 계신 그 갑주……."

"……?"

"어떻게 얻은 것인지, 혹시 여쭤도 되겠습니까?"

명왕성 안에 들어온 이후, 이안의 행보는 항상 긴장과 긴장의 연속이었다.

이곳 라타르칸의 명왕성이라는 곳 자체가 이안에겐 미지의 공간이었던 데다, 제이칸의 갑주를 활용해 신분을 속이고 잠입한 상황이었으니.

퀘스트를 클리어하고 목적을 달성하기 전까지, 이안은 살얼음판을 걷는 듯 긴장할 수밖에 없었던 것이다.

하지만 그 긴장의 연속 속에서도, 이안은 확실히 단언할 수 있었다.

마도 상점의 주인 라르덴이 그에게 질문을 던진 지금 이 순간이.

"지금 쓰고 계신 그 갑주……."

"……?"

"어떻게 얻은 것인지, 혹시 여쭤도 되겠습니까?"

그가 퀘스트를 진행하면서 쌓였던 긴장감 중에 단연코 최고조에 달하던 순간이라는 사실을 말이다.

'뭐지? 설마, 알아본 건가?'

라르덴이 갑주의 정체를 알아차렸다면, 이안의 정체가 들통나는 것은 시간문제나 다름없었다.

그의 갑주는 고대 배덕의 기사, 제이칸의 것이었으니 말이다.

애초에 갑주의 주인 제이칸 자체가 라타르칸 명왕성의 배신자이기도 했지만, 그런 사실을 떠나 존재하지 않는 고대 인물의 갑주를 입고 있다는 사실은 충분히 의심을 살 만한 상황이었다.

'어떡하지, 어떻게 변명해야 자연스럽게 넘어가지……?'

하여 이안은 머리를 빠르게 굴리기 시작하였다.

아직 완전히 의심을 산 상황이 아닌 이상, 어떻게든 빠져나갈 구멍이 있을 것이었다.

'거짓말을 하더라도, 최소 7할 정도의 진실을 기반으로 해야 하는데……'

차를 마시는 척하며 속으로 한 차례 생각을 정리한 이안이 천천히 다시 입을 열었다.

입을 떼는 이안의 표정은 어느새 무척이나 태연하게 변해 있었다.

"제 갑주에 대해…… 왜 궁금하실까요?"

"그건……."

"말씀을 드리더라도 그 이유 정도는 알아야 하지 않겠습니까?"

이안의 반문에 라르덴은 천천히 고개를 끄덕였다.

그의 말이 틀린 것이 없었으니 말이다.

"사실은……."

그리고 이어진 라르덴의 말을 들은 이안은 조금 안심할 수 있었다.

"지금껏 수많은 죽음의 무구들과 아티펙트들을 제작해 왔지만…… 기사님께서 입고 계신 갑주만큼 짙은 죽음의 기운이 담긴 물건은 본 적이 없습니다."

"흐음, 그래서요?"

"괜찮으시다면 그 갑주들을 제가 한번 보고 싶습니다."

"그 다음엔요?"

"며칠만 제게 시간을 주신다면, 조심스럽게 연구만 마치고 돌려드리도록 하겠습니다."

라르덴의 이야기로 미루어 볼 때, 일단 그가 알아챈 것은 이 갑주가 특별한 물건이라는 정도인 것 같았으니 말이다.

'다행히 아직 제이칸의 갑주라는 건 모르는 것 같고…….'

하지만 아직 안심할 수는 없었다.

라르덴이 요청한 것을 들어준다면 그가 갑주에 숨겨진 비밀을 알아낼 가능성도 무척 높았고, 그것이 곧 정체 탄로로 이어질 수 있었으니까.

'이 상황을 최대한 이용해야 하는데…….'

좋은 생각을 떠올린 이안이, 라르덴을 향해 씨익 웃어 보였다.

"그럼 라르덴 님."

"예?"

"저도 라르덴 님께…… 부탁 좀 해도 되겠지요?"

이안의 의미심장한 목소리에 라르덴은 잠시 움찔했지만, 곧 천천히 고개를 주억거리며 대답하였다.

"물론입니다. 제가 들어드릴 수 있는 범주의 부탁이라면 말이지요."

그리고 라르덴의 대답이 떨어지자, 이안은 작은 목소리로 다시 말했다.

"주변을…… 좀 물려 주실 수 있겠습니까?"

"무슨 말씀을 하시려고……."

"부탁드립니다."

이안이 어떤 말을 하려하는지가 궁금했던 것인지, 라르덴은 군말 없이 이안이 시키는 대로 하였다.

"다들 아래층에 내려가 있도록."

"예, 마스터."

그러자 곧 라르덴의 수하들이 다른 공간으로 사라졌고, 장내에는 이안과 라르덴 둘만이 남게 되었다.

그리고 그 적막한 공간 속에 나지막한 이안의 목소리가 울려 퍼졌다.

"제 부탁은 두 가지입니다."

부탁이 두 가지나 된다는 말에, 라르덴의 두 동공이 살짝 확대되었다.

하지만 한 가지 어려운 부탁보다 두 가지 쉬운 부탁이 나을 수도 있는 법.

라르덴은 곧 고개를 끄덕이며 답하였다.

"일단 들어나 보죠."

하지만 이안의 말이 이어지자, 라르덴은 금세 다시 평정심을 잃을 수밖에 없었다.

"첫째, 혼령의 날개 제작을 의뢰하고 싶습니다."

"……!"

이안의 부탁이 과하다기보다는 '혼령의 날개'라는 단어의 임펙트가 너무 컸기 때문이었다.

혼령의 날개는 명계에서 특별한 상징성과 의미를 갖는 아티펙트임과 동시에, 잘 알려지지 않은 물건이었으니 말이다.

게다가 혼령의 날개가 '제작이 가능한 아티펙트'라는 사실은 정말 아는 이가 없을 만큼 고급 정보였는데, 이안이 그것을 알고 있으니 놀랄 수밖에 없었던 것이다.

하지만 이안은 그에 아랑곳 않고, 두 번째 부탁까지 꺼내었다.

이안의 두 번째 부탁은, 사실 퀘스트보다는 사심(?)에 가까운 부탁.

"둘째. 죽음의 로브가 하나 필요합니다."

그런데 오히려 이 두 번째 이야기를 들은 라르덴은 혼령의 날개에 대해 들었을 때와 달리 별로 놀라지 않았다.

놀라는 대신 그는, 이안에게 한 가지를 확인하였다

"저희 가게에서 취급하는 죽음의 로브는 아주 다양합니다."

"'죽음의 로브' 이기만 하면 됩니다."

"그렇군요."

대화가 일단락되자 잠시 동안 다시 흐르는 정적.

이어서 라르덴은 살짝 의아한 표정이 되었다.

"이게 끝입니까?"

"끝입니다."

"음…… 뭐랄까."

"……?"

"의외로군요."

라르덴의 표정은 뭔가 복잡 미묘해졌다.

그리고 눈치 빠른 이안은 그 표정에서 한 가지 사실을 느낄 수 있었다.

'내 부탁이 생각보다 어렵지 않았던 건가?'

라르덴의 그 미묘한 표정 속에서, 떨떠름한 그의 감정이 느껴진 것이다.

"뭐, 어쨌든 그 부탁들만 들어드린다면, 기사님께서도 갑주를 제게 빌려주시는 겁니까?"

그 때문에 이안은 살짝 아쉬운 기분이 들었지만, 겉으로는 티를 내지 않았다.

여기서 우물쭈물하는 모습을 보이거나 추가적인 요구를 하는 것은, 지금 상황에서 하등 도움될 것이 없었으니 말이다.

아쉽더라도 딜deal이 성사되기만 한다면, 그것으로 만족해야 하는 것.

"예, 그렇습니다."

하여 이어진 이안의 확답에 라르덴이 다시 말을 이었다.

"일단 말씀하신 두 번째 부탁에 대한 대답부터 드리자면……."

"예."

"이거야말로 어려운 일이 아닙니다."

"그런가요?"

"저희 마도 상점의 창고에, 유행이 지난 죽음의 로브들 재고가 산더미처럼 쌓여 있으니까요."

라르덴의 말에 이안은 안도하면서도, 한편으로는 불안해졌다.

'유행이…… 지났다고?'

죽음의 로브에 대한 정보가 전혀 없는 그로서는, 유행이 지난 로브(?)를 입어도 훈이가 입성하는 데 별다른 문제가 없는지 짐작이 되질 않았으니 말이다.

물론 적지 않은 차원코인이 굳었다는 사실은 아주 고무적이었지만 말이다.

"그, 그래도 가능한 좀 최신 스타일로……."

"후후, 뭐. 그 정도야…… 알겠습니다."

이안의 반응에 피식 웃어 보인 라르덴은 다시 찻잔을 한 차례 홀짝였다.

사실상 이 대화에서 본론은 이안의 첫 번째 부탁이었던 '혼령의 날개'.

그 이야기를 꺼내기 전에, 잠시 목을 축인 것이다.

홀짝-.

그리고 라르덴이 뜸을 들이자, 목이 타는 것은 이안 또한 마찬가지였다.

"그리고 이제, 첫 번째로 말씀하셨던 '혼령의 날개'에 대한 이야기를 해 보자면……."

이안과 또다시 허공에서 눈이 마주친 라르덴.

그의 검붉은 입술이 천천히 다시 떼어졌다.

"오히려 이건, 제가 부탁하고 싶습니다, 기사님."

"예? 뭘 말이죠?"

이어서 의아한 표정이 된 이안을 향해, 라르덴의 말이 다시 이어졌다.

"혼령의 날개를 제작해 볼 수 있는 영광을…… 제게 주실 수 있겠습니까?"

라르덴의 말을 들은 이안은 잠시 벙한 표정이 되어 두 눈을 끔뻑였다.

처음부터 의외의 연속이었던 라르덴과의 대화였지만, 이 마지막 대사만큼은 정말 생각지도 못했던 것이었으니 말이다.

"그게 무슨……."

라르덴이 지금 무슨 말을 하고 있는 것인지, 순간적으로 이해하지 못한 이안.

하지만 바로 다음 순간.

띠링-!

이안은 또 다른 의문에 빠질 수밖에 없었다.

'어……?'

그의 눈앞에 하얀 빛이 일렁이더니, 새로운 시스템 메시지가 떠올랐으며.

-조건이 충족되었습니다.

-연계 퀘스트의 순서가 변경됩니다.

-'혼령의 날개 제작(히든)(에픽)(연계)' 퀘스트가 발동합니다.

그와 동시에 연계 퀘스트의 정보 창이 주르륵 떠올랐으니 말이었다.

'뭐지? 아직 퀘스트 완료가 안 됐는데 어떻게 연계 퀘스트가……?'

하지만 자연스레 퀘스트 창을 읽어 내려가자, 이안의 두 눈은 점점 더 반짝이기 시작하였다.

퀘스트의 내용을 통해, 지금의 상황을 어렵지 않게 이해할 수 있었으니 말이었다.

혼령의 날개 제작(히든)(에픽)(연계)

제이칸에게 얻은 정보를 활용해, 성공적으로 라타르칸의 명왕성에 잠입한 당신.
당신은 혼령의 날개 제작을 위해 마도 상점을 찾았고, 그곳에서 마도 상점의 주인인 '라르덴'을 만나게 되었다.
……중략……
혼령의 고서에 대해 연구하고 있던 라르덴은, 자신이 가진 도안이 제대로 된 것인지 확인하고 싶어 한다.
하지만 혼령의 날개를 만들기 위해 필요한 혼령의 깃털은, '망자'인 라르덴이 구하기 너무도 힘든 재료였다.
하여 라르덴은 당신에게 한 가지 제안을 하였다.
혼령의 날개를 제작할 수 있을 만큼 충분한 깃털을 구해다 준다면, 당신의 제안을 수락함과 동시에 마도 상점에서 한 가지 귀한 아티펙트를 추가로 선물해 주겠다고 말이다.
……중략……
라르덴의 제안을 수락하고 혼령의 깃털을 충분히 구해 오도록 하자.
마도 상점의 주인 라르덴이라면, 분명 혼령의 날개를 제작할 수 있을 것이다.
퀘스트 난이도 : SS+(초월)
퀘스트 조건 : 초월 레벨 90 이상의 중간자, '배덕의 기사단장(히든)(에픽)(연계)' 퀘스트의 진행도 70% 이상
클리어 조건 : 혼령의 깃털 채집(0/120)
*라르덴은 날개 제작에 한 번에 성공하지 못할 수 있으며, 만약 그가 혼령의 날개 제작에 실패한다면, 클리어 조건이 초기화될 수 있습니다.
제한 시간 : 없음
보상 : 마도 상점의 주인 '라르덴'과의 친밀도+25, 알 수 없는 아티펙트(미정), 죽음의 로브(미정), 혼령의 날개, 명성(초월)+85,000
*모든 보상은 클리어 등급에 따라 상향 조정될 수도, 하향 조정될 수도 있습니다.(보상의 종류가 변동되지는 않습니다.)
*거절하거나 포기할 시, 라르덴과의 친밀도가 감소합니다.
*거절하거나 포기할 시, 모든 연계 퀘스트가 초기화됩니다.

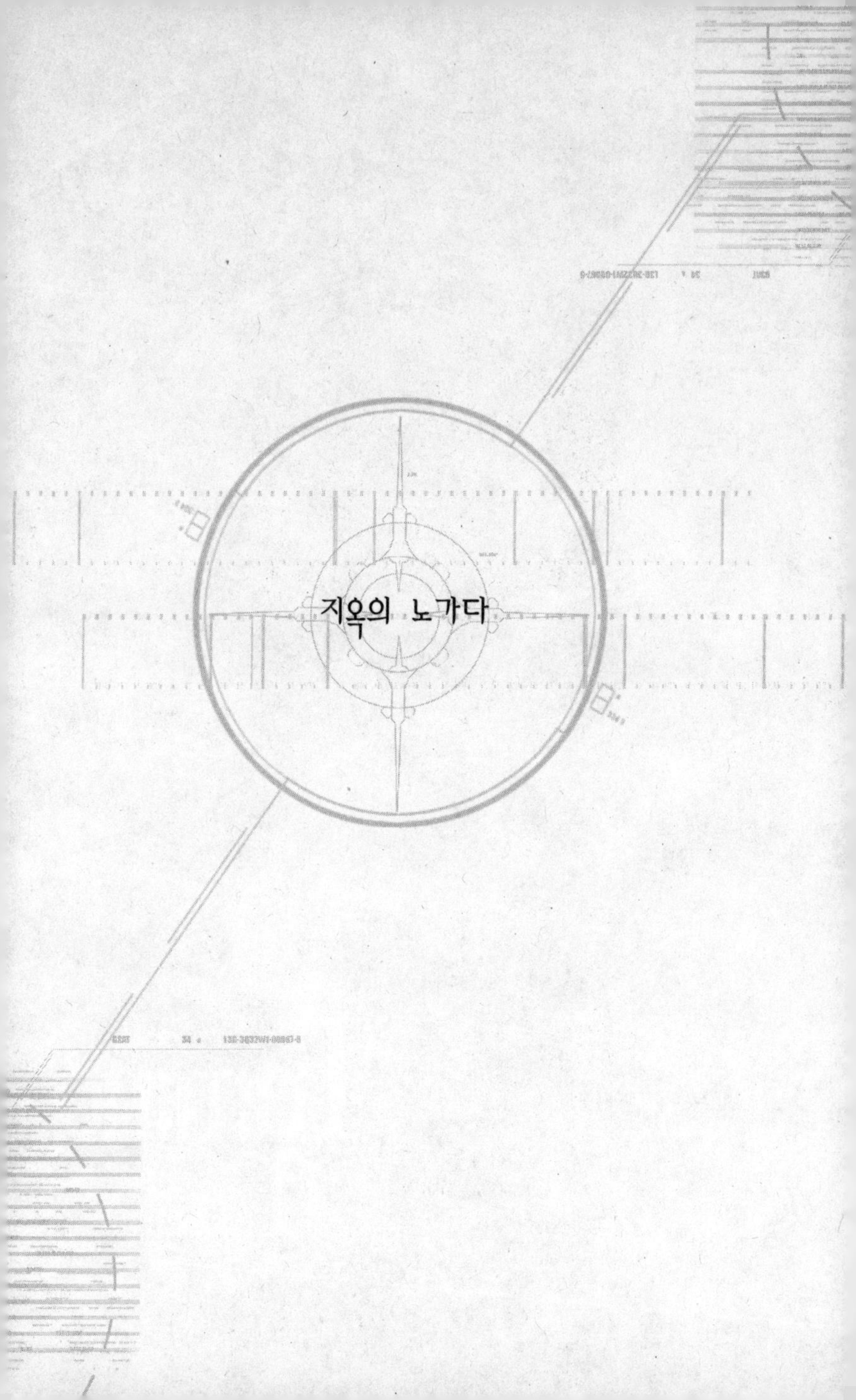

지옥의 노가다

Taming
Master

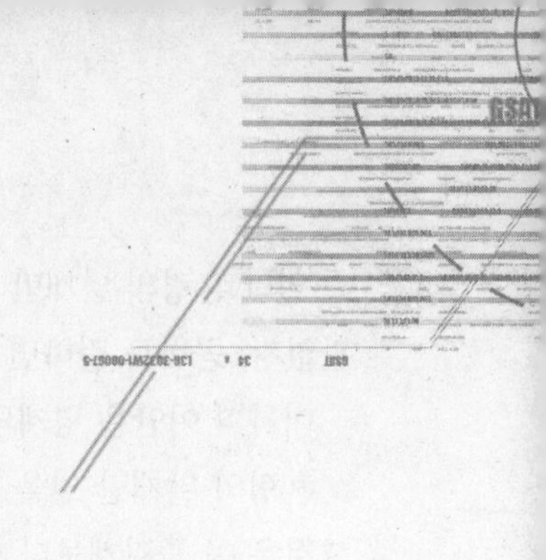

본래 연계 퀘스트의 순리(?) 대로라면, 이 혼령의 날개 제작 퀘스트는 아직 한참 뒤에나 나왔을 연계 퀘스트였다.

원래 유저가 갑주를 라르덴에게 넘기는 순간, 정체가 어느 정도 노출되게 되고.

그것을 수습하는 과정에서의 몇 가지 연계 퀘스트를 추가로 더 클리어해야 했으니 말이다.

하지만 잔머리(?)를 잘 굴린 덕에, 이안은 중간 과정을 생략하고 곧바로 혼령의 날개 퀘스트를 받을 수 있었으며, 그것으로 엄청나게 많은 시간을 단축시킬 수 있었다.

물론 이안이 여기까지 예상하고 머리를 굴린 것은 아니었지만 말이다.

'일단 혼령의 날개만 얻을 수 있으면, 정체가 들통 나도 상관없지. 곧바로 런하면 될 테니 말이야.'

어차피 이안은 명계의 콘텐츠에 큰 미련이 없었다.

혼령의 날개만 얻을 수 있다면 성운을 밟을 수 있게 되고, 그것은 곧 중간계보다 한 차원계 위의 콘텐츠에 진입하게 되는 셈이니, 굳이 명계에 더 미련 갖지 않아도 되는 것이다.

'칼데라스나 발러 길드를…… 명계에서 역전하는 것도 쉽지 않은 일이고 말이야.'

게다가 이안이 아무리 강력하다 해도, 그것과 별개로 거점을 세우고 기반을 닦는 데에는 물리적으로 충분한 시간이 필요하다.

그 때문에 명계 콘텐츠 진행은 이안의 입장에서 가성비가 별로 좋지 못한 콘텐츠인 것이다.

하여 대략적인 현재의 상황을 이해하게 된 이안은 망설임 없이 라르덴의 제안을 수락하였다.

"좋습니다, 라르덴 님."

"오……!"

"추가로 아티펙트까지 주신다는데 거절할 이유가 없지요."

"감사합니다……!"

그리고 이안의 시원한 대답에, 라르덴은 두 눈을 반짝이며 다시 입을 열었다.

"그런데 기사님."

"예, 라르덴 님."

"제게 혼령의 날개 제작에 대해 이야기를 꺼내셨다는 건…… 그것을 만들기 위해 뭐가 필요한지도 아신다는 이야기겠죠?"

"물론입니다."

"역시……!"

라르덴의 감탄에, 이안은 어깨를 으쓱하며 자신감 넘치는 목소리로 답하였다.

"혼령의 깃털이 필요하다는 것 정도는 이미 알고 있지요."

하지만 다음 순간.

"그 재료는 가지고 계시겠고요."

"아니……."

라르덴의 물음에 자신감 넘치는 목소리로 대답하던 이안은 다급히 말을 멈출 수밖에 없었다.

깃털은 없지만 카루아르크를 잡아서 수급해 오겠다고 하려고 하였는데, 그렇게 말을 하면 안 된다는 사실을 순간적으로 깨달은 것이다.

'잠깐, 내가 여기서 카루아르크를 잡아 온다고 하면……. 정체를 들키게 되는 건가?'

지금 라르덴은 이안이 죽음의 기사라고 알고 있다.

하지만 언데드인 죽음의 기사는 절대로 카루아르크를 잡을 수 없다.

그리고 그 정도는 이 타르타로스에 거주하는 명왕성의 NPC들이라면 전부 다 알고 있는 사실이었으니.

만약 이안이 카루아르크를 잡아오겠다고 말한다면, 그 순간 의심을 받을 수밖에 없는 것이다.

하여 순간적으로 말을 멈춘 이안은 재빨리 하려던 말을 선회하였다.

"당장은 가지고 있지 않습니다."

"엇, 그럼……?"

"하지만 그 깃털들을 구할 수 있는 방법을 알고 있지요."

"그런 방법이 있습니까?"

깃털을 수급할 수 있는 방법이 있다는 이안의 말에, 초롱초롱한 눈으로 그를 응시하는 라르덴.

하지만 이안은 능숙하게 라르덴의 반응에 대처하였다.

"죄송하지만 방법까지는 말씀드리기 어렵습니다."

"역시…… 그렇군요."

"하지만 재료는 확실히 준비해 올 테니, 걱정 마십시오."

"믿겠습니다."

혼령의 깃털은 망자들에게 가질 수 없는 수준의 무척이나 귀한 재료였기 때문에, 그것을 비밀로 해도 라르덴의 입장에선 충분히 이해할 만한 것이었고, 이안 또한 그 부분을 생각하여 곧바로 대응할 수 있었던 것이다.

"깃털이 120개 정도면…… 제작이 가능하겠지요?"

"오호, 도안에 대해…… 정확히 아시는군요."

살짝 놀란 표정이 된 라르덴을 보며, 이안은 대답 대신 천천히 고개를 끄덕였다.

"그럼 라르덴 님의 대답은 들었으니…… 재료를 구하러 가야겠군요."

"기다리고 있겠습니다."

"최대한 빨리 돌아오도록 하지요."

라르덴과의 대화를 끝으로 이안은 곧바로 마도 상점을 벗어났다. 그리고 상점을 벗어나 명왕성 바깥으로 향하는 이안의 표정은 무척이나 밝았다.

'후후, 좋았어.'

'배덕의 기사단장' 퀘스트가 클리어되지는 않았지만, 아이러니하게도 기대했던 이상의 퀘스트 진척도를 만들어 냈으니 말이다.

'대충 1시간 정도 지났나……? 훈이가 개인 메시지 겁나 보내 놨겠군.'

성 밖에서 투덜거리며 기다리고 있을 훈이를 떠올린 이안은 피식 웃으며 걸음을 더 재촉하였다.

마도 상점에서의 용무를 마치고 명왕성 밖으로 나온 이안은 곧바로 다시 제이칸을 소환하였다.

이제 그로부터 카루아르크에 대한 정보를 얻어 낸 뒤, 훈이와 함께 파밍할 시간이었으니 말이다.

그리고 돌아온 이안의 이야기를 쭉 들은 제이칸의 첫마디는 다음과 같았다.

–흐음, 용케도 목적을 달성하고 돌아왔군.

"설마, 내가 저 안에서…… 죽을 거라 생각한 거냐?"

–뭐, 그건 아니다.

"……?"

–네가 죽기라도 하면, 영혼의 자유를 얻을 기회가 날아가니까.

"그건 그렇군."

–하지만 확실히…… 내 기대보다 잘하고 왔군.

"별로 네 기대에 부응할 욕심은 없었지만…… 여튼 그렇게 되었다."

이안의 이야기를 들은 제이칸은 겉으로는 틱틱대도 무척 흡족한 표정이었다.

이안이 생각보다 깔끔하게 라르덴과 거래를 마치고 왔으니 말이었다.

하지만 불만에 가득 찬(?) 인물도 한 사람 있었다.

"차원코인은 돌려주시지."

"음? 내가 왜?"

그는 다름 아닌, 성 밖에서 이안을 기다리고 있던 훈이.

"라르덴이 그냥 주기로 했다며!"

"그게 무슨 상관인데?"

"뭐……?"

훈이는 이안이 로브를 퀘스트 보상으로 그냥 얻게 되었다고 하자, 그것을 공동 구매(?)하기 위해 건넨 자신의 2,500 데스코인이 너무도 아까워진 것이다.

"그냥 준다고 해서, 로브의 가치가 달라지는 건 아니잖아?"

"그, 그건 그렇지만……!"

"뭐, 코인은 돌려줄 수 있어."

"……!"

"대신 로브는…… 너한테 주는 게 아니라 빌려 주는 걸로 하지 뭐."

"치, 치사해……!"

물론 결과적으로는 달라진 것 없었지만, 배가 아픈(?) 것은 어쩔 수 없는 것.

하지만 이안의 다음 말이 이어진 순간 훈이는 다시 충성(?) 모드가 될 수밖에 없었다.

"보니까 마도 상점의 로브들, 좋은 건 1만 코인도 훨씬 넘더라고."

"헉, 정말?"

"퀘스트 클리어 등급에 따라 보상이 달라진다는 것 보니…… 잘만 하면 몇 만 코인짜리 로브를 얻을 수도 있을 것 같은데……."

5천 코인 정도인 줄 알았던 죽음의 로브 가치가 1만 코인

단위가 넘어간다면, 2,500코인 정도는 아깝지 않은 것이 되어 버리니 말이었다.

게다가 두 사람의 대화를 듣던 제이칸이 확인까지 해 주었으니…….

–흐음. 확실히 고급 로브라면…… 몇 만 코인짜리가 있을 수도 있겠군.

"그, 그래?"

–예전 궁중 마법사가 쓰던 죽음의 로브 중에는 10만 코인 짜리도 본 적이 있는 것 같다.

"헉……! 시, 십만!"

훈이의 입장에서는 눈이 돌아갈 수밖에 없는 것이다.

"형님."

"응?"

"당장 출동하시죠."

"웬 출동."

"빨리 카루아르큰지 뭐시긴지. 잡으러 가야 하지 않겠습니까."

"후후, 그럼 가 볼까?"

하여 그렇게 훈이의 충성심(?)까지 완벽히 확보한 이안은 흡족한 표정으로 다시 제이칸을 향해 시선을 돌렸고.

"제이칸, 카루아르크를 사냥하기 가장 좋은 지역이 어디일까?"

–흐음…… 카루아르크 사냥이라…….

"일단 좀 난이도 낮은 필드로 추천해 줘."

-그렇지 않아도 최대한 수월한 필드로 생각 중이다.

의욕 충만한 훈이를 필두로, 이안 일행은 빠르게 이동하기 시작하였다.

-동쪽 균열이라면, 확실히 네놈 전투력으로 해볼 만할 것 같군.

"균열?"

-타르타로스를 두르고 있는 거대한 어둠의 장벽을 우리는 균열이라 칭한다.

"오호."

-정확히는 '죽음의 균열'이지.

"동쪽이 제일 괜찮은 이유가 있나?"

-지형이 가장 험난하거든.

"……?"

-험지이기 때문에 타르타로스의 수감자들이 탈출 시도할 생각을 잘 못 하는 곳이고, 때문에 카루아르크의 숫자도 가장 적은 곳이 동쪽 균열이다.

"아하?"

하지만 지금 이 순간, 이안이 알지 못하는 사실이 하나 있었다.

'좋아. 깃털 120개라…… 순식간에 파밍해서 돌아가겠어.'

이때만 해도 술술 풀리는 것 같았던 퀘스트가 상상치도 못한 지옥의 퀘스트였다는 사실 말이다.

조금 더 정확히 말하자면…….

“그런데 제이칸.”

–말하라.

“그 깃털이라는 거. 카루아르크 한 마리 잡으면 열 개 정돈 뽑을 수 있겠지?”

–그걸 내가 알 리가 있나. 잡아 봤어야 알지.

“하긴…….”

이 깃털 파밍 퀘스트는 중간계에 존재하는 모든 퀘스트들 중에서도 다섯 손가락에 들 정도로, 악랄한 지옥의 노가다 퀘스트였던 것이다.

이안의 초월 레벨은 99이다.

그리고 이것은 제법 오래 된 레벨이었다.

정령계 최후의 전쟁 에피소드를 위해 정령왕 엘리샤를 구하러 가던 때에도, 이안의 레벨은 이미 99레벨이었으니 말이었다.

‘거의 3주일 정도는 지난 건가?’

정확히 계산해 본 적은 없었지만 거의 한 달 가깝게 레벨을 올리지 못한 것은, 중간자가 된 이후로도 이번이 처음인 것.

심지어 아직까지 경험치 게이지도 10% 정도나 남아 있었으니, 계산상 99레벨이 되기 위해서는 한참의 시간이 남았다고 할 수 있었다.

'퀘스트 진행하느라 사냥을 많이 못 하기는 했지만…… 그걸 감안해도 엄청나긴 하네.'

하여 이안은 지난주쯤부터, 초월 100레벨에 뭔가 숨겨져 있지 않을까 예상하는 중이었다.

98에서 99레벨이 되는 데까지 1주일이 조금 넘게 소요되었던 것을 생각하면, 아무리 경험치 증가폭이 큰 게임이라 할지라도, 99에서 100레벨의 필요 경험치 구간이 비상식적으로 넓은 것이었으니 말이다.

'혼령의 날개 퀘스트가 마무리되면, 한 사나흘 정도는 빡세게 사냥만 해야겠어. 느낌상 성운으로 넘어가기 전에 100레벨을 찍어 주는 게…… 여러모로 좋을 것 같으니 말이지.'

100레벨 이상의 NPC들이 즐비하다는 사실을 볼 때 그곳이 초월 맥스 레벨은 아니겠지만, 적어도 100레벨이 되는 것이 어떤 의미 있는 전환점일 것이라고, 게이머의 직감으로 추측한 것이다.

하지만 이안의 이러한 계획은 카루아르크 사냥 1일 차에 완전히 변경될 수밖에 없었다.

-하데스의 신조神鳥 '카루아르크'를 성공적으로 처치하셨습니다!

-50데스코인을 획득하였습니다.

–'카루아르크의 발톱' 아이템을 획득하셨습니다!

……후략…….

–역시, 내 환영을 이긴 것은 우연이 아니었군. 카루아르크를 이렇게 쉽게 잡다니.

"쉽지 않았어, 인마. 한 마리 잡는 데 10분이나 걸렸다고."

–난 1시간쯤 걸릴 줄 알았다, 인간.

"……."

거의 1시간 정도 숨만 쉬며 카루아르크 사냥을 했음에도 불구하고, 이안의 인벤토리에는 고작 다섯 개의 깃털만이 들어와 있었으니 말이었다.

"뭔가 잘못된 것 같은데, 제이칸."

–뭐가?

"이 페이스대로라면, 오늘 밤새 사냥해도 깃털 절반도 못 모으겠어."

–120개만 모으면 되는 것 아닌가.

"……?"

–이틀 정도 밤새면 충분하겠군.

"후우……."

노가다에 자신 있는 이안조차도 거의 사흘 정도 사냥을 해야, 깃털 120개를 모을 수 있는 수준이었던 것.

'설마…… 이러다가 여기서 레벨 업하는 거 아니야?'

그리고 이안의 그러한 걱정(?)은 점점 더 현실로 다가오고 있었다.

카루아르크의 생김새는 생각보다 낯이 익었다.

이미 이안이 알고 있는 어떤 소환수와, 외형 자체가 흡사했으니 말이다.

'신조라더니…… 유피르 산맥에 서식하는 세라크랑 엄청 비슷한 외형이네.'

유피르 산맥의 '신조'라고 알려진 세라크는 고작 희귀 등급의 소환수였지만, 무척이나 귀한 소환수였다.

희귀도가 엄청나게 높은 데다 특수한 속성인 '빛' 속성을 가졌으며, 무려 전설 등급의 소환수인 그리핀까지 진화시킬 수 있다고 알려진 녀석이었으니 말이다.

이미 그리핀이 있는 이안에게야 크게 매력적인 녀석이 아니었지만, 한때는 이 세라크를 포획하겠다고 수많은 소환술사들이 유피르 산맥에 득실거렸을 정도.

'빛 속성을 가진 세카루 그리핀으로 진화가 가능할 테니…… 인기가 많은 것도 무리는 아니지.'

하지만 그럼에도 불구하고 세라크를 손에 넣은 유저는 그리 많지 않았었다.

희귀도도 희귀도지만, 애초에 유피르 산맥 자체가 지상계에서 가장 난이도 높은 필드였으니 말이다.

심지어 세라크가 있다고 개나 소나 세카루 그리핀까지 진화시킬 수 있는 것은 아니었으니, 세카루 그리핀의 희귀도는 이안조차도 본 적이 없을 정도였다.

물론 이안이 마음먹고 작업한다면, 금방 만들어 내겠지만 말이다.

'하여튼 재밌군. 세라크와 비슷한 외형을 가진 새들이 이렇게 득실거리는 곳을 보게 될 줄이야.'

하여 어느 정도 카루아르크의 사냥이 익숙해진 시점.

이안은 살짝 만용(?)을 부려 보기도 하였다.

'세라크가 세카루 그리핀으로 진화가 가능하니…… 어쩌면 이 녀석은 어둠 속성 그리핀이 될지도 몰라.'

세카루 그리핀이야 이미 가진 랭커들이 꽤 있었지만, 어둠 속성 그리핀은 완전히 미지의 영역이었고, 해서 이 카루아르크를 한번 포획해 볼까 시도한 것이다.

'이제 한 3시간 정도만 더 노가다하면 깃털 120개는 다 모을 수 있으니까…… 여길 졸업하기 전에 포획 시도는 한번 해 봐야지.'

하지만 결론적으로 이안의 그러한 시도는 완전히 실패할 수밖에 없었다.

–인간, 뭐 하는 건가, 지금.

"포획."

—카루아르크를 길들일 수 있는 존재는, 세상에 단 한 분뿐이다.

"죽음의 신 하데스를 말하는 건가?"

—그래.

일단 제이칸부터가 카루아르크를 포획할 수 없는 존재라고 확언하였으니 말이다.

물론 제이칸의 말만 듣고 그대로 멈출 이안은 아니었지만…….

"근거는?"

—그, 근거?

"그래, 근거."

—그건…… 내가 이렇게 긴 시간 존재해 오면서, 단 한 번도 카루아르크를 길들인 존재를 본 적이 없으니까.

결과적으로 이안은 카루아르크를 잡는 데 실패하였다.

띠링—!

—카루아르크가 흉포한 부리를 흔들며 깨어납니다.

—카루아르크를 포획하는 데 실패하였습니다.

—카루아르크를 포획하는 데 실패하였습니다.

……후략…….

"쳇, 어쩔 수 없지. 시간만 많았어도 잡을 때까지 해 보는 건데.”

—무식한 놈…… 사람 말을 좀 믿어라. 스틱스강에 대고 맹세라도 해야 믿어 줄 거냐?

“…….”

—한 마리 잡아다가 깃털을 왕창 뽑을 생각이라도 했나 본데, 쓸데없는 짓 할 시간에 한 마리라도 더 사냥해라, 인간.

“아, 알겠어. 알겠어. 이거 죽음의 기사가 아니라 잔소리 대마왕이네.”

그리하여 이안은 일단 카루아르크의 포획을 포기하고, 다시 사냥에 전념하였다.

그리고 그 결과.

띠링—!

—카루아르크를 성공적으로 처치하셨습니다!

—'혼령의 깃털' 아이템을 획득하셨습니다!

—현재까지 수집된 혼령의 깃털 : 120개

—'혼령의 날개 제작(히든)(에픽)(연계)' 퀘스트의 달성 조건을 충족하셨습니다!

거의 사흘을 꽉 채운 노가다 끝에, 이안은 120개의 깃털을 전부 수집할 수 있었다.

“자, 그럼 다시 명왕성에 다녀올게.”

"얼른 다녀와, 형. 로브는 최고급으로 챙겨 오는 거 잊지 말고."

"물론이지."

-방심하지 마라, 인간.

"알겠어, 잔소리꾼."

그리고 노가다를 무사히 끝낸(?) 이안은 자신의 경험치 게이지를 확인하며 피식 웃었다.

'다행히 여기서 100레벨을 찍진 않았네.'

90% 남짓이었던 경험치 게이지가, 아직 93~94% 정도까지밖에 차 있지 않았으니 말이었다.

하지만 이안은 이때까지도 알 수 없었다. 이것이 노가다의 끝이 아니라, 지옥의 시작이었다는 것을 말이다.

"음, 죄송합니다, 기사님."

"예……?"

"실패했군요."

"뭐……라구요?"

"하하, 처음 제작해 보는 아티펙트이다 보니, 당연한 결과이긴 합니다."

"그, 그걸 말이라고……."

"하지만 걱정 마십시오. 이제는 감을 좀 잡은 것 같으니까요."

"……."

"깃털을 한 번만 더 구해 와 주시겠습니까?"

120개의 깃털을 가지고 자신만만하게 공방으로 들어갔던 라르덴이, 순식간에 노가다의 결정체를 날려 먹고는 너무도 뻔뻔한 얼굴로 이안에게 다시 깃털을 요구한 것.

띠링-!

-마도 상점의 주인 '라르덴'이 '혼령의 날개' 제작에 실패하였습니다.

-'혼령의 깃털'이 전부 소멸되었습니다.

-'혼령의 날개 제작(히든)(에픽)(연계)' 퀘스트의 달성 조건이 초기화되었습니다.

'뭐 이렇게 더러운 퀘스트가…….'

하지만 이안에게 선택지는 없었고, 다시 이안은 죽음의 균열로 돌아가야 했다.

"뭐야, 형. 왜 빈손으로 와."

"실패했대."

"뭐……?"

"제작."

"그, 그럼 어떡해?"

"120개…… 다시 구해 오래."

"미친!"

그리고 다시 노가다를 시작하는 이 순간, 이안에게 가장 고통스러운 건…….

이번에 120개를 모아도, 곧바로 성공한다는 보장이 없다는 것이었다.

마치 밑 빠진 독에 물을 붓는 기분이랄까.

'젠장, 이거 말이 씨가 된 건가?'

여기서 레벨 업을 할지도 모른다는 반쯤 농담 섞인 중얼거림이 점점 현실이 되어 가는 상황.

띠링-!

-카루아르크를 성공적으로 처치했습니다!

-카루아르크를 성공적으로 처치했습니다!

-카루아르크를…….

그리고 그렇게 노가다의 지옥 속에 빠진 이안은 결국 한 번의 실패를 더 경험한 뒤, 세 번째 시도에서 퀘스트를 완수할 수 있었다.

'제발…… 성공했다고 말해! 제발……!'

"후우……."

"성공했죠?"

"네?"

"성공했다고 말해 주세요."

"어떻게 아셨습니까?"

"……!"

"운이 좋았습니다."

"운이…… 좋았다구요?"

"이런 최고급 아티펙트를 세 번 만에 성공할 줄은, 저도 몰랐었으니까요."

운이 좋았다는 라르덴의 말에 이안은 본능적으로 그를 쥐어박고 싶은 충동이 밀려왔다. 하지만 그는 끓어오르는 폭력성(?)을 초인적인 인내심으로 참아 낼 수밖에 없었다.

최소 혼령의 날개를 받아 내기 전까지는 라르덴의 심기를 건드릴 수 없었으니 말이다.

대신 이안은 라르덴에게 요상한 부탁을 하였다.

"만약 저 이후에 누가 또 혼령의 날개 제작 의뢰를 한다면……."

"예?"

"절대 한 번에 성공하시면 안 됩니다."

"그, 그건 왜죠?"

"그럼 제 배가 너무 아플 것 같으니까요."

"으음……?"

혼령의 날개 퀘스트를 할 후발 주자가 이안의 시행착오 덕에 한 번에 날개를 제작해 낸다면, 그의 배가 너무 아플 것 같았으니까.

물론 NPC가 그런 괴상한 부탁을 들어줄 리 만무했지만 말이었다.

"뭐, 그런 이상한 부탁을 들어드리긴 힘들 것 같지만…….
여튼 감사합니다, 이안 님."

"……."

"덕분에 혼령의 날개 제작법을 완벽히 습득했군요."

"후우……."

어쨌든 극심한 노가다의 고통은 차치하고, 1주일간의 고행길을 걸은 이안은 성공적으로 퀘스트를 완수할 수 있었다.

띠링-!

-'혼령의 날개 제작(히든)(에픽)(연계)' 퀘스트를 성공적으로 클리어하셨습니다!

-클리어 등급 : SS-

-마도 상점의 주인 '라르덴'과의 친밀도가 +25만큼 증가합니다.

-명성(초월)이 85,000만큼 증가합니다.

……중략……

그리고 이안은 드디어, 혼령의 날개를 손에 넣을 수 있게 되었다.

-'혼령의 날개'를 획득하였습니다.

-조건이 충족되었습니다.

–초월 레벨 80 이상(달성)

–용비늘 신발 보유(달성)

–원소의 목걸이 보유(달성)

–혼령의 날개 보유(달성)

–모든 조건이 충족되어, 새로운 칭호를 획득합니다.

'드, 드디어……!'

–'성운을 밟는 자' 칭호를 획득하셨습니다.

이안은 아직 라르덴에게 받아야 할 보상이 두 개나 더 남아 있었다.

라르덴이 주겠다고 한 알 수 없는 아티펙트와, 이안이 처음에 요청했던 죽음의 로브.

하지만 지금 이안의 머릿속에서 그 남은 보상들은 잠시 잊힐 수밖에 없었다.

드디어 성운을 밟을 수 있게 된 데에 대한 감격이, 그의 머릿속을 지배했으니 말이었다.

'크……! 성운 가즈아!'

심지어 방금까지도 끓어오르고 있던 라르덴에 대한 분노(?)까지도, 잠시 잊힐 정도.

'마무리만 하고 곧바로 성운을 찾아가야겠어. 고룡 드라키

시스인지 뭔지, 드디어 만날 수 있겠군.'

오랜만에 '고대 전장의 영웅' 퀘스트 창을 확인한 이안은 무척이나 흥분된 표정이었다.

드라키시스를 만나 이 퀘스트를 클리어할 수 있다면, 퀘스트 내용에 쓰여 있는 대로 중간자를 초월할 수 있게 될 테니 말이다.

—성운에 있는 현자의 탑으로 가서, 그곳을 지키는 고룡 '드라키시스'를 만나자. 그리고 그가 가진 지혜를 얻는다면, 그것은 당신의 영혼이 가진 위격을 한 단계 더 높일 수 있도록 도와줄 것이다.

하지만 이안의 흥분은 여기서 끝이 아니었다.

"기사님."

"예?"

"약속드렸던 대로, 제가 아끼는 아티펙트 하나를 선물로 드리겠습니다."

"……!"

"그리고 여기 원하셨던 죽음의 로브도…… 괜찮은 물건으로 하나 드리도록 하지요."

띠링—!

—'고대 혼령의 스태프(신화)(초월)' 장비를 획득하였습니다.

–'파괴술사의 데스 로브(신화)(초월)' 장비를 획득하셨습니다.

라르덴이 건네준 나머지 보상들의 상태(?)가 기대했던 것 이상으로 무척이나 뛰어났으며.

"……!"

–퀘스트를 완수하셨습니다!

–경험치(초월)를 100,000,000만큼 획득합니다.

보상을 전부 받음과 동시에 연계 퀘스트가 전부 종료되었고, 그에 따라 막대한 경험치를 획득하면서, 드디어 초월 레벨이 올랐으니 말이었다.

띠링–!

–조건이 충족되었습니다!

–초월 레벨이 상승하였습니다!

–초월 100레벨을 달성하셨습니다!

……중략……

"어……?"

지금껏 보지 못했던 화려한 황금빛의 이펙트가 발밑에서부터 휘몰아침과 동시에, 이안의 눈앞에 주르르륵 떠오르는 시스템 메시지들.

—모든 전투 능력치가 상향 조정됩니다.

—명성(초월)을 500,000만큼 획득합니다!

……중략……

그리고 그 메시지들을 확인하는 이안의 눈에는 이채가 어리기 시작하였다.

'……!'

평소에 레벨 업을 했을 때와는, 확연히 다른 종류의 메시지들이 쉴 새 없이 쏟아지고 있었으니 말이다.

'역시! 100레벨에는 뭔가 있었어!'

그리고 그 메시지들을 읽어 내려간 이안의 시선은 메시지 창의 최하단에 그대로 고정될 수밖에 없었다.

—조건이 충족되었습니다.

—새로운 칭호가 개방됩니다.

—'초월자의 자격(봉인)' 칭호를 획득하였습니다.

그곳에는 찬란한 황금빛으로 반짝이는 한 줄의 메시지가, 이안을 기다리고 있었으니 말이었다.

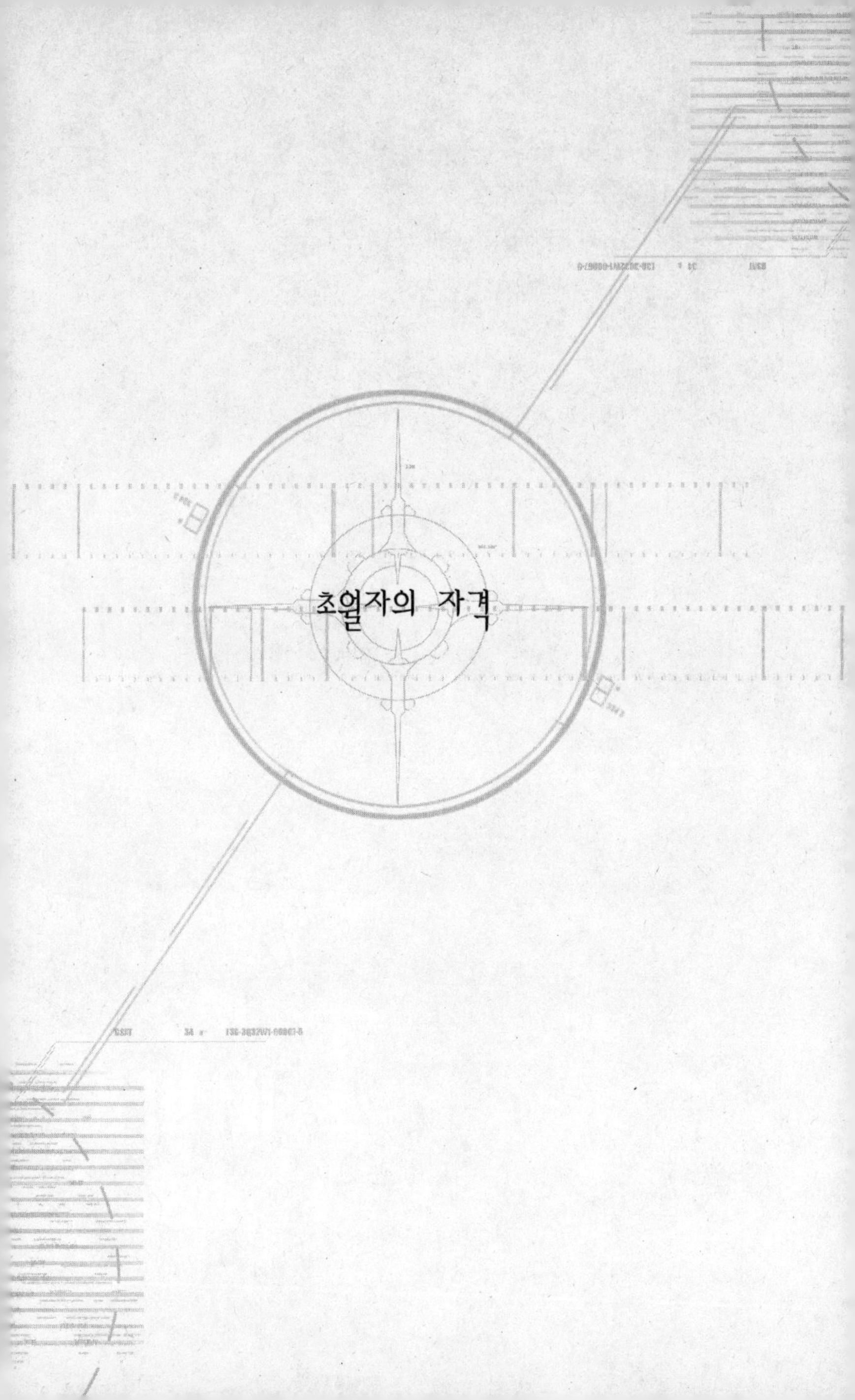

초월자의 자격

Taming
Master

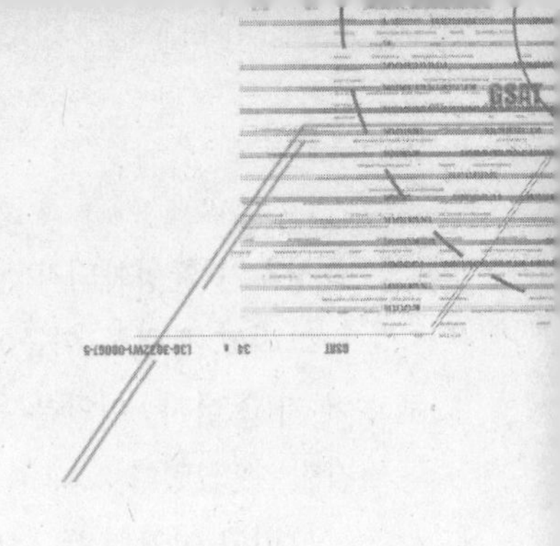

초월자의 자격이라는 한 단어.

칭호 안에 반짝반짝 빛나는 그 단어를 응시하며, 이안의 두 동공은 가늘게 떨렸다.

'이거다. 이거였어……!'

황금빛으로 빛나는, 지금까지 본 적 없는 칭호의 형태를 확인한 순간, 이것이 중간계에서 어떤 분기점이 될 수 있을 만큼, 중요한 칭호라는 사실을 깨달았으니 말이었다.

—착용이 불필요한 칭호입니다.

—칭호가 활성화되었습니다.

칭호가 활성화되자 온몸에 황금빛 기류가 스며든다.

그리고 강렬히 휘몰아치던 황금빛 기운이 전부 다 빨려들어 가고 나자, 이안은 몸이 한층 가벼워지는 것을 곧바로 체감할 수 있었다.

그리고 이안의 두 눈은 또 한 번 휘둥그레졌다.

'미쳤다. 이럴 수도 있구나.'

이안이 놀란 이유는 간단했다.

몸이 가벼워졌다는 건 전투 스텟의 증가로 신체 조건이 좋아졌음을 의미하는 것이었는데, 움직여 보지 않은 시점에서 그 스텟의 변화가 체감될 정도라면, 정말 어마어마한 수준의 능력치 상승이 있었음을 의미하는 것이었으니 말이다.

아무 장비도 착용하지 않은 상태에서 신화 등급의 장비를 착용했을 때나 느낄 수 있는, 다이내믹한 변화라고 할 수 있는 것.

꿀꺽-.

하여 마른침을 삼킨 이안은 조심스레 새로 얻은 칭호의 정보를 확인해 보았다.

그리고 그것을 읽어 내려가는 이안의 두 눈은 더욱 반짝이기 시작하였다.

초월자의 자격(봉인)

세상의 모든 영혼은 제각각의 위격을 지니고 있다. 그리고 세상을 만든

신은 그 모든 영혼들에게, 영혼의 한계를 초월할 기회를 부여하였다.
……중략……
당신은 중간자의 위격을 가진 영혼으로서, 그 위격의 한계치를 달성하였다.
이제 이 한계를 초월하여 '초월자'의 영역에 한 발을 내디딜 수 있는 최소한의 자격을 갖춘 것이다.
……중략……
만약 당신이 중간자를 초월하기 위한 모든 자격을 갖출 수 있다면, 이 칭호에 걸린 봉인이 해제될 것이다.
그리하여 한계를 초월한 당신은 신격神格을 얻을 수 있을 것이다.
모든 (초월)전투 능력 +20%
초월 마력 +30
*보유 시 모든 능력치가 활성화되는 칭호입니다.
*봉인된 칭호입니다. 봉인이 해제될 시, 모든 옵션이 강화됩니다.

1주일간의 노가다 고행 끝에, 이안이 얻은 결실은 너무나도 달콤한 것이었다.

일단 라르덴으로부터 받은 퀘스트 보상 아티펙트들부터 시작해서, 성운을 밟는 자 칭호와 초월자의 자격 칭호까지.

어느 것 하나 가치로 환산이 힘들 정도로, 어마어마한 것들이었으니 말이다.

'크……! 이 맛에 퀘스트 하는 거지.'

물론 라르덴으로부터 얻은 아티펙트들은 전부 어둠술사용이었고, 거의 훈이에게 뺏길 것 같은(?) 종류의 장비들이었다.

하지만 그런 것은 상관없었다.

어차피 훈이는 길드의 가장 강력한 코어 랭커 중 하나였고, 그가 강력해진다는 것은 길드 전력의 상승을 의미하니 말이다.

게다가 너무도 당연한 이야기겠지만, 이안은 훈이에게 이 장비들을 공짜로 줄 생각이 없었다.

'이제 몇 달간은 마음껏 부려 먹을 수 있겠군.'

애초에 가치 환산이 힘들 정도로 귀한 물건들이다 보니 코인을 받는 것은 의미 없었고, 대신 훈이와 대략 3개월 정도의 노동 계약 체결을 할 생각이었던 것이다.

아마 계약 기간(?) 동안 훈이는 거의 노예처럼 부려질 것이었지만, 이 계약 조건을 거부할 수는 없을 것이었다.

그러기엔 이안이 쥐고 있는 두 개의 아티펙트가 너무도 매력적인 것이었으니까.

'크흐흐흐!'

울상이 될 훈이의 표정을 상상하며, 너무도 행복한 얼굴이 된 이안!

하지만 이렇게 행복한 결과들이 있는 반면, 퀘스트가 끝난 뒤에 치워야 할 귀찮은 상황도 조금 있었다.

"흐음, 기사님…… 당신은 이 라타르칸 명왕성의 기사가 아니셨군요."

"……!"

"이 갑주는 고대의 유물…… 이제 라타르칸의 기사단은 이 갑주를 사용하지 않습니다."

퀘스트의 연계 때문에 이안은 약속했던 대로 제이칸의 무구들을 잠시 라르덴에게 빌려줄 수밖에 없었고, 그것을 확인한 라르덴이 이안이 라타르칸의 기사가 아님을 알아낸 것.

물론 여기까지도, 이안의 예상 범주 안이었지만 말이다.

'에이…… 조용히 넘어가긴 틀린 건가?'

하여 이안은 라르덴의 정보를 스캔해 보았다.

일단 외부적으로 보이는 그의 상태를 빠르게 다시 파악한 것이다.

'초월 150레벨이라…… 이기기 쉽지는 않겠지만, 불가능한 상대도 아니지. 초월자 칭호까지 얻었으니까.'

초월 150레벨대의 어둠법사인 라르덴.

이안은 여차하면 그를 제압하고, 빠르게 이 명왕성을 빠져나갈 생각이었던 것이다.

"흐음, 역시 라르덴 님은 알아보시는군요."

"물론입니다. 외형은 지금의 라타르칸 명왕성 기사단의 갑주와 다를 바 없지만, 음각된 마법의 문양들은 전부 고대의 것. 이것을 알아보지 못한다면 제가 이 자리에 있을 수는 없었겠죠."

"그렇군요."

하지만 다행히도 라르덴은 이안을 예상만큼 적대하지 않았다.

"이곳에 잠입하신 목적이 뭡니까?"

"그야 당연히, 라르덴 당신이지요."

"……?"

"정확히는 라르덴 당신에게 이 혼령의 날개 도안이 있다는 정보를 알게 되어, 여기까지 오게 된 겁니다."

"혼령의 날개가 결국 목적이셨다는 말씀이군요."

"그렇습니다."

이안과 눈이 마주친 라르덴은 속으로 갈등하였다.

이안을 제압하여 명왕성의 기사단에 넘겨야 하는지, 고민하는 것이다.

'원칙대로라면 어떻게든 침입자를 처단하는 게 맞겠지만…….'

하지만 다행히도 라르덴의 결정은 이안을 눈감아 주는 것이었다.

'저자를 제압하기엔…… 위험 부담이 너무 크군.'

라르덴은 NPC 중에서도 무척이나 상위 티어의 NPC였으며, 티어가 높은 만큼 AI의 통찰력도 뛰어난 편이었다.

그리고 그런 라르덴이 판단하기에 이안을 지금 적대하는 것은 득보다 실이 훨씬 많을 일이었다.

그가 가지고 있던 제이칸의 무구들과 혼령의 깃털을 구해 온 능력으로 미루어 볼 때, 이안을 자신이 감당해 낼 수 없다고 판단한 것이다.

'딱히 명왕성에 해가 될 인물은 아닌 것 같으니…….'

하여 이안에 대한 대응을 결정지은 라르덴이 다시 천천히 입을 열었다.

"이제 이곳에서 나가신다면 어떻게 움직이실 생각이십니까."

"제 행보를 묻는 겁니까?"

"그렇지요."

그리고 눈치 빠른 이안은 라르덴이 궁금한 부분을 정확히 캐치하였다.

"이제 혼령의 날개를 얻었으니 타르타로스를 떠날 겁니다."

"흐음……."

"그리고 이 라타르칸의 명왕성을 적대할 일은 없을 테니, 걱정하지 마시지요."

"그렇습니까?"

"보셨으면 알겠지만, 제가 가지고 있던 갑주는 과거 이 라타르칸 명왕성 기사단장을 지냈던 이의 것."

"그렇……더군요."

"정확히 말씀드릴 수는 없으나 그와 적지 않은 친분이 있으니, 저는 당신들의 적이 아닙니다."

이안의 이야기를 전부 들은 라르덴은 고개를 끄덕였다.

그의 말에 비록 거짓과 의도적 날조(?)가 포함되어 있긴 했지만, 대부분 진실을 기반으로 꾸며 낸 이야기였고, 때문에 이안의 말을 믿을 수밖에 없었던 것이다.
"좋습니다, 기사님."
"……!"
"그렇다면 제가 신세 진 부분도 있고 하니…… 이번에는 눈을 감아 드리도록 하겠습니다."
"배려 감사합니다."
라르덴의 대답을 들은 이안은 검병을 쥐고 있던 힘을 살짝 풀었다.
여차 하면 곧바로 검을 휘둘러야 할 것이라 생각했는데, 그러지 않아도 될 것 같았으니 말이다.
"하지만 다시 한번 비정상적인 방법으로 이 명왕성 안에 잠입한 당신을 발견한다면, 그때에는 좌시하지 않겠습니다."
"그럴 일은 없을 테니…… 걱정 마시지요."
"그럼, 무운을 빌겠습니다."
라르덴과의 대화가 평화적으로 잘 마무리되자, 이안은 안도의 한숨을 내쉬며 빠르게 명왕성 밖으로 벗어났다.
'생각보다 더 잘 풀렸군.'
여차 하면 귀환 스크롤이라도 써서 소르피스 내성으로 런해 버리려 했었는데, 비싼 스크롤도 아끼고 적지 않은 리스크도 피할 수 있게 되었으니 말이다.
'좋아. 그럼 이제 내가 해야 하는 건…….'
하여 기분 좋은 표정이 되어 걸음을 옮기며, 앞으로의 계획을 머릿속으로 정리하는 이안.

그리고 그렇게 무사히 명왕성 밖까지 나온 이안은 기다리고 있던 훈이를 다시 만날 수 있었다.

"일은 잘 마무리된 거야, 형?"

"물론이지."

"휴, 예상은 했지만…… 다행이네."

훈이의 이야기를 듣던 이안은 고개를 갸웃할 수밖에 없었다.

'예상을 했다'는 훈이의 말이 이해되지 않았으니 말이었다.

"이번엔 혼령의 날개 제작에 성공할 걸…… 예상했다고?"

"응."

"어떻게?"

"나랑 같이 있던 제이칸이 갑자기 어디로 사라져 버렸거든."

"……?"

"내 약속이 성공적으로 이행되었군. 그럼 이제 나는 자유의 몸인가……라고 중얼거리면서 말이야."

"아하……?"

훈이의 말을 들은 이안은 고개를 끄덕였다.

'그 스틱스강의 맹세인지 뭔지. 그거 때문에 그렇게 되었나 보군.'

이안은 분명 혼령의 날개를 얻으면 그에게 자유를 주겠다는 약속을 했었고, 그것이 스틱스강의 이름에 대한 맹세였었는데, 그 맹세가 자동으로 이행되었음을 본능적으로 알 수 있었으니 말이었다.

"아예 자동화 시스템이었군."

"뭐가?"

"스틱스강의 맹세 말이야."

"아하."

"하긴. 그렇지 않으면 내 약속을 그렇게 찰떡같이 믿어 줄 이유가 없지."

"맞아. 형이 얼마나 음흉한데."

"시끄러."

그렇게 훈이와 한 차례 티격태격하던 이안은 발러 길드의 거점이 있던 곳으로 되돌아갔다.

그곳에서 발러 길드에 몇 가지 정보를 준 뒤, 한 가지 약속을 받아 내기 위해서 말이다.

"오, 이안 님, 오셨습니까."

"갑자기 찾아와서 죄송합니다."

"하하, 아닙니다. 볼일은 다 보셨나 보지요?"

"예. 이제 이곳에서 하려 했던 일들은 얼추 다 끝이 났네요."

이안이 발러 길드에 받아 내고자 하는 것은 다른 것이 아니었다.

그것은 바로 발러 길드 거점의, 거점 포털을 로터스 길드에서 한 번 이용하게 해 달라는 것.

"음…… 이안 님과 훈이 님 정도라면 모르겠지만, 로터스 길드 전원을 포털로 불러드리는 건……."

처음 이안의 이야기를 들은 아르케인은 난색을 표하였지만, 그것은 잠시뿐이었다.

이안 역시 공짜로 그것을 원하는 것은 아니었고, 그에 상응하는 대가를 지불할 생각이었으니 말이다.

"타르타로스와 명왕성에 대한 정보를 드리겠습니다."

"……!"

"라타르칸의 명왕성이 있는 곳을 1주일간 찾아냈거든요."

계속해서 명계의 콘텐츠를 뚫어 나갈 예정인 발러 길드의 입장에서는, 명왕성과 타르타로스에 대한 정보가 무척이나 귀하고 중요한 것이다.

물론 로터스 길드에게 레테 프리패스 이용권을 주는 것에 비하면 조금 부족한 대가일 수도 있겠으나, 로터스가 우호 길드였기 때문에 그 정도는 충분히 등가교환으로 생각해 줄 수 있는 것이다.

"좋습니다. 그런 정보를 주신다고 하면…… 저희도 도와드려야지요."

하여 그렇게 발러 길드와의 거래까지 깔끔히 마친 이안은 그들 거점에 생긴 포털을 통해 편히 소르피스 내성으로 복귀하였다.

그리고 로터스 길드 거점에 복귀한 이안이 가장 먼저 한 일은…….

"자, 여기 사인하면 돼."

"정말 이럴 거야, 형?"

"뭐, 싫으면, 스태프는 그냥 팔아야지, 뭐."

"……."

"너도 알잖아? 이거 팔면, 몇 만 코인은 그냥 나올 거라는 것."

"하아…… 알겠어."

훈이의 노예 계약서를 강제로 집행(?)하는 것이었다.

이안이 그토록 밟고 싶어 하던 상위 콘텐츠로 이어지는 연결 고리이자, 수많은 콘텐츠의 매개체 역할을 하는 필드인 성운.

하지만 그렇게 특별한 필드임에도 불구하고, 성운을 찾아가는 것은 그리 어려운 일이 아니었다.

사실 성운은, 중간계 그 어디에도 없지만 또 어디에도 있는 곳이었으니 말이다.

"저런 식으로 떠다니는 것이…… 성운으로 이어지는 통로였군."

성운은 그 이름만 들어도 알 수 있겠지만, 말 그대로 '구름'이다.

그 때문에 중간계의 하늘 어디에도 존재했지만, 아무나 그 구름이 성운임을 알 수 있는 것은 아니었다.

이안조차도 이번에 퀘스트를 클리어하고 칭호를 얻기 전까지는, 특별한 퀘스트의 조건을 통해서만 성운에 입성할 수 있었으니 말이었다.

하지만 '자격'이 생긴 이제는 달랐다.

이안은 어디에서나 '성운'을 구분할 수 있게 되었고, 그곳을 밟고 올라설 수 있었으니 말이다.

타탓-!

-조건이 충족되었습니다.

-자격을 보유하였습니다.

-'성운'에 올랐습니다.

하지만 그렇다고 해서 이안이 소르피스 한복판에서 성운을 탄 것은 아니었다.

중간계에서 인구밀도가 가장 높은 소르피스에서 그랬다가는, 수많은 유저들에게 광고하는 꼴이나 다름없었으니 말이었다.

성운에 대한 정보를 최대한 숨겨도 모자랄 판에, 그런 바보 같은 행동을 할 이안은 아니었다.

'뭐 알려진다 해도 당장 달라질 건 많지 않겠지만……. 그래도 내가 선점할 수 있는 건 다 선점한 뒤에 정보가 퍼지는 게 좋겠지.'

그렇다면 지금 이 순간, 이안이 타고 올라 선 황금빛 구름은 어느 차원계의 성운이었을까?

그러니까 이안이 성운을 타기 위해 선택한 차원계는 이안이 갈 수 있는 중간계 중 어디였을까?

그곳은 바로 용천이었다.

이안이 처음 성운에 대해 알게 된 차원계이자, 세 가지 성물 중 첫 번째 성물을 얻었던 차원계.

그리고 성운을 밟을 수 있게 된 지금, 가장 먼저 진행하려 했던 퀘스트의 근원지인 용천.

이안은 망설임 없이 용천으로 향했고, 그곳에서도 어렵지 않게 성운으로 통하는 길을 찾을 수 있었다.

아이언을 타고 날아오른 용천의 하늘에는, 황금빛 구름이 여기저기 널려 있었으니 말이다.

우우웅-.

하여 성운을 처음 발견한 이안은 두근거리는 마음으로 그것을 밟고 올라섰고, 이안의 눈앞에 새로운 시스템 메시지가 떠올랐다.

띠링-!

—최초로 성운을 밟으셨습니다.

—명성(초월)을 30만만큼 획득합니다.

—성운에 처음 입장하셨습니다.

—'초월자의 광장'으로 이동됩니다.

메시지를 확인한 이안의 눈앞으로 황금빛 섬광이 뿜어 나오더니, 순식간에 이안의 시야가 그것들로 가득 찼다.

그리고 눈앞이 새하얗게 변한 이안은 자연스레 두 눈을 스르르 감았다.

이어서 어딘가를 향해 빨려 들어가는 그 시간 동안, 이안은 성운에 오르기 전 용천에서 가장 먼저 만났던 한 NPC와의 대화를 떠올리고 있었다.

"여, 오랜만입니다."

"아니, 자, 자네는!"

소르피스의 로터스 거점에서 훈이와의 노예 계약서(?)를 작성한 뒤, 용천으로 넘어간 이안은 사실 처음부터 성운으로 향한 것이 아니었다.

물론 칭호를 얻은 순간부터 성운에 어떻게 올라야 하는지는 곧바로 알 수 있었지만, 그 전에 몇 가지 정보 수집의 필요성을 느꼈으니 말이었다.

'사실 성운에 대해 아는 정보들이라고는 막연한 것들이 전부고…… 무엇보다 현자의 탑을 어떻게 찾아야 하는지 전혀 감도 안 오니 말이지.'

물론 성운에 들어선 뒤 여기저기 헤딩을 하다 보면, 현자의 탑도 어떻게든 찾아낼 수 있을 것이다.

성운의 안에도 NPC는 존재할 것이고, 정보를 수집할 방법 또한 분명히 있을 테니 말이다.

하지만 어찌 됐든 성운은 이안에게 있어 미지의 영역이었고, 때문에 입성하기 전에 최소한의 준비는 하는 것이 당연했다.

하여 이안은 이 용천에서 그가 아는 NPC들 중 가장 영혼의 격이 높은 이를 찾아갔다.

아니, 조금 더 정확히는 '아는'이라기보다, '찾아갈 수 있는'이 맞을 것이었다.

"그간 잘 지내셨지요, 솔바르."

"무, 물론일세. 이안. 나야 이렇게 평화로운 시기에, 잘 지내지 못할 이유가 없지."

이안이 찾아간 이는 바로 암천의 천주 솔바르였고, 따지자면 이안이 아는(?) NPC들 중에는 솔바르보다 훨씬 더 격이 높은 인물도 하나 있었으니 말이었다.

'용신 세카이토…… 그를 찾아갈 수 있었다면 참 좋았을

텐데 말이지.'

용천의 주인이자, 말 그대로 '신'의 위격을 가진 NPC인 세카이토.

그는 분명 이 용천에 존재하는 NPC였지만, 이안뿐 아니라 그 누구도 그가 어디에 있는지는 알지 못했던 것이다.

"이곳은 오랜만에 와도 달라진 것이 별로 없군요."

"암천궁 말인가?"

"그렇습니다."

이안의 말에 솔바르가 한숨을 푹 쉬며 대답하였다.

"그럴 수밖에."

"네?"

"자네가 떠난 이후로, 인재다운 인재가 나타나질 않았으니 말일세."

용천의 각 가문들은 유저의 활약에 따라 조금씩 발전한다.

소속된 유저들이 쌓은 공헌도와 재화를 가지고, 계속해서 가문을 발전시켜 가니 말이다.

이안 또한 그 사실을 알고 있기 때문에 암천궁이 그대로라는 이야기를 한 것이었고, 솔바르의 한숨 또한 거기서 기인한 것이었다.

"새로운 용사들이 잘 나타나지 않나 보죠?"

"그건 아니네. 자네가 있었을 때보다, 동맹의 숫자는 훨씬 더 많아졌으니 말이지."

"그럼……?"

"다만 제대로 된 역할을 하는 친구가…… 거의 없다는 게 문제일 뿐일세."

솔바르의 고민을 들은 이안은 피식 웃음이 새어 나왔다.

그가 어째서 이런 고민을 하게 되었는지, 그 이유를 충분히 알 것 같았으니 말이다.

'후후, 내가 그렇게 암천의 콘텐츠들을 탈탈 털어놨으니, 랭커들이 거의 암천을 선택하지 않을 수밖에.'

이안의 활약에 힘입어 다른 가문들보다 훨씬 더 빠른 성장을 거듭했던 암천.

물론 그것이 천주를 비롯한 암천의 NPC들에게 당장은 좋은 것이었으나, 가문을 선택하는 유저의 입장에선 별로 좋지 못한 환경이었다.

단순히 가문의 공헌도를 쌓는 난이도야 어느 가문을 가도 비슷하겠지만, 암천의 퀘스트들은 이안 덕에 어느 순간부터 보상 대비 난이도가 엄청 높아져 있었던 것이다.

쉽게 말해 암천 소속 NPC들의 눈이 높아져 있었던 것.

물론 이것은 용천 가문들의 밸런스를 맞추기 위한 카일란 기획팀의 기획 의도였지만, 그런 것을 알거나 이해할 턱 없는 솔바르로서는 답답할 수밖에 없다고 할 수 있었다.

"하지만 이제는 걱정을 한 시름 덜어도 되겠군."

"예?"

"이안, 그대가 돌아왔으니 말이지."

이안을 향해 활짝 웃어 보이며 기분 좋은 표정을 짓는 솔바르.

하지만 그의 기대에 부응할 수 없는 이안은 멋쩍은 웃음을 지어 보일 수밖에 없었다.

"죄……송하지만, 천주님."

"음……?"

"이번에 이곳에 온 것은 암천의 동맹이 되기 위함이 아닙니다."

"그, 그게 무슨 말인가, 이안."

"아쉽게도 이번에 천주님을 찾아뵌 이유는……."

"……?"

"성운에 대해 몇가지 여쭤보고 싶은 게 있어서니까요."

이안은 솔바르에게 살짝 미안한 표정이 되었다.

처음 그가 암천을 떠나기 전, 솔바르와 했던 마지막 대화가 다음과 같았으니 말이었다.

-휘유, 이 정도면 1인분…… 아니, 10인분 이상은 충분히 한 것 같으니까, 저 한동안 다른 볼일 좀 보고 오겠습니다.

-그, 그건 맞지만…… 한동안 무슨 일을 보러 간다는 겐가?

-바쁜 사정이 좀 생겨서요.

-늦어도 다음 달에는 돌아오는 거겠지……?

—뭐, 그 전까지 원소의 목걸이랑 혼령의 날개를 구할 수 있다면, 한번 고려해 보도록 하죠.

분명 이안은 세 가지 성물을 다 모으면 용천에 돌아오겠다고 이야기했었고, 그때만 해도 그것을 다 구한 뒤 정말 암천에 돌아올 생각으로 그런 이야기들을 했던 것이었으니 말이다.

하지만 솔바르에게 이야기를 꺼낸 이안의 표정에 미안함이 가득했던 것과 별개로, 그는 이안이 예상치 못했던 반응을 보여 주었다.

"이안, 지금 뭐라 한 겐가?"

"예?"

"방금 분명, '성운'이라 하지 않았는가?"

"맞습니다, 솔바르."

"……!"

"전에 말씀드렸던 혼령의 날개와 원소의 목걸이. 그것들을 전부 구했거든요."

"허억……!"

사실 솔바르는 이안이 혼령의 날개와 원소의 목걸이를 구했을 것이라고는 상상조차 하지 못했었다.

그가 떠난 지 제법 시간이 지나기는 했지만, 그의 상식(?)선으로 두 가지 성물들은 그렇게 쉽게 구해 올 수 있는 것이 아니었으니 말이다.

해서 솔바르는 이안이 두 가지 물건을 구하다가 지쳐서 돌아온 것으로 착각했던 것.

"하, 한번 보여 줄 수 있겠는가?"

"그 정도야 뭐 어렵지 않지요."

하지만 이안이 보여 준 두 가지 성물은 분명히 진품이었고, 그것을 확인한 솔바르는 마른침을 꿀꺽 삼킬 수밖에 없었다.

'정말 초월의 자격을 얻어 온 것인가!'

이안은 알지 못했지만, 사실 그가 초월자의 자격을 얻었다는 것은 암천과 솔바르에게도, 적지 않은 이득을 가져다줄 수 있었던 것이다.

그리고 이제 솔바르는 이안이 어째서 자신을 찾아왔는지 명확히 알 수 있었다.

수천 년 동안 단 한 번도 나타나지 않았던 고대 전장의 영웅.

이안이 그 길을 걷기 위해 자신을 찾아온 것임을 비로소 알 수 있게 된 것이다.

"이안, 자네……."

"예?"

"현자의 탑에 가려는 것이겠지?"

"그걸 어떻게……!"

"자네가 가려는 그 길을 시작하려면…… 드라키시스 님을 만나야 할 테니 말이지."

"……!"

솔바르의 이야기에 이안은 놀랄 수밖에 없었다.

좀 더 설명을 해야 할 것이라고 생각했는데, 그가 곧바로 핵심을 이야기하였으니 말이었다.

하지만 조금 더 생각해 보니 딱히 이상할 것도 없었다.

결국 '고대 전장의 영웅' 연계 퀘스트를 준 인물 중 하나가 바로 암천의 천주들이었으니 말이었다.

그중 하나인 솔바르라면 능히 이안의 목적을 짐작해 낼 수 있을 터.

"역시 솔바르 님은 아시는군요."

"허허…… 자네는 정말인지, 예측불허로구먼."

"그렇습니까?"

"물론 일전에도 범상치 않다 생각하긴 했네만, 이렇게 빨리 초월자의 자격을 갖춰 올 줄은 몰랐다네."

"하하. 그, 그런가요."

"역시 대단해, 이안!"

갑작스런 솔바르의 칭찬에 이안은 살짝 당황하였다.

이안이 그와 쌓아 둔 친밀도가 최상급이기는 하였지만, 지금이 그에게 칭찬을 들을 타이밍이라고는 생각지 못했으니 말이었다.

'이 아저씨가 갑자기 왜 이래?'

하지만 바로 다음 순간, 이안은 솔바르가 그를 띄워 주는 이유를 곧바로 알 수 있었다.

"그래서 말인데, 이안."

"예?"

"내 부탁을…… 하나만 들어줄 수는 없겠나?"

솔바르는 이안에게 아쉬운 소리를 해야 할 게 있었던 것이다.

"갑자기, 부탁을요?"

"현자의 탑이 있는 곳은 내가 알려 줄 테니, 한 가지 간단한 부탁만 들어주시게나."

"그게…… 뭔데요?"

그리고 솔바르의 부탁은 그의 말대로 정말 간단한 것이었다.

"현자의 탑에서 드라키시스 님을 만나 뵙게 된다면……."

"예."

"부디 자네가 '암천'의 소속임을, 꼭 좀 이야기해 줬으면 한다네."

"지금 저 암천 소속 아니지 않습니까?"

"그거야 내가 바로 등록시켜 주면 될 일이고."

띠링-!

—암천의 천주 '솔바르'가 당신에게 동맹을 제안합니다.

"하, 하핫……."

"내가 꼭…… 부탁 좀 함세."

솔바르의 초롱초롱한 눈망울을 확인한 이안은 헛웃음을 흘릴 수밖에 없었다.

무사히 성운을 밟고, 그 미지의 영역에 성공적으로 발을 들인 이안.

이안은 성운을 무사히 밟았을 뿐 아니라, 목적지인 현자의 탑까지도 순조롭게 도착할 수 있었다.

하지만 그럼에도 불구하고 그는, 뭔가 손해를 크게(?) 본 기분이었다.

'이런 줄 알았으면, 솔바르를 찾아가지 않았어도 됐잖아?'

이안이 툴툴거리는 이유는 다른 것이 아니었다.

그것은 아이러니하게도, 현자의 탑이 생각보다 너무 찾기 쉬웠기 때문.

현자의 탑이 있는 곳은 초월자의 광장 북쪽이었는데, 성운을 처음 밟는 영혼은 전부 초월자의 광장으로 모이도록 설정되어 있었으니.

결과적으론 딱히 솔바르의 도움이 없었더라도, 충분히 현자의 탑을 찾을 만했었던 것이다.

'괜히 솔바르를 찾아가서 혹만 달고 온 것 같은데…….'

솔바르의 간절한 부탁을 떠올린 이안은 뒷머리를 긁적였다.

사실 그의 부탁은 전혀 어려운 게 아니었다.

그저 고룡 드라키시스를 만났을 때, 그에게 '암천'의 소속임을 말해 주기만 하면 되는 것이었으니까.

하지만 그것이 어떤 사이드 이펙트를 불러올지 모르는 상황에서는, 찝찝할 수밖에 없는 것이 사실이었다.

'뭐 딱히 손해 볼 일은 없을 것 같으니…… 그 정도 부탁은 들어줘야겠지만.'

하여 약간의 찝찝함을 안은 채, 이안은 현자의 탑을 향해 걷기 시작하였다.

그리고 북쪽을 향해 쭉 뻗어 있는 대로를 걸으면서, 이안은 살짝 의아한 표정이 되었다.

"이 정도로 텅텅 빈 맵은 또 오랜만이네."

처음에는 퀘스트에 대한 생각으로 가득하여 인지하지 못하고 있었지만.

걸음을 옮기다 보니, 이 넓은 필드 안에 자신 말고는 개미새끼 한 마리도 보이지 않는다는 사실을 깨달을 수 있었던 것이다.

'이렇게 맵을 잘 꾸며 놓고, NPC 하나 배치해 놓지 않은 건 좀 이상한데…….'

그런데 다음 순간.

"어…… 어어?"

이안은 또 한 번 당황할 수밖에 없었다.

우우우웅—!

이안은 그저 걸음을 옮겼을 뿐인데, 마치 축지법이라도 사용한 것처럼 순식간에 현자의 탑 앞까지 쭉 빨려 들어갔으니 말이었다.

차원의 마도사 그리퍼의 마탑보다도, 훨씬 더 거대하고 고풍스러운 외형을 자랑하는 현자의 탑.

순식간에 그 앞에 선 이안은 그 이질적인 기분에 잠시 당황하였다.

'뭐 이런 경우가…….'

하지만 그러한 당황도 잠시.

이안은 곧, 정신을 차릴 수밖에 없었다.

우우웅—!

그의 귓전으로, 쩌렁쩌렁한 목소리가 울려 퍼졌으니 말이다.

—용천의 인정을 받은 영혼이여…….

"……!"

—그대를 기다리고 있었노라.

이안은 목소리의 주인공을 찾기 위해, 사방을 두리번거렸다.

하지만 그 어디에서도, 이안은 그를 찾을 수 없었다.

'누구지?'

대신 이안의 눈앞에, 새로운 시스템 메시지들이 떠올랐으며.

띠링-!

그 메시지들은 이안의 궁금증을 곧바로 해결해 주었다.

-고룡 '드라키시스'의 전언을 받았습니다.

-조건이 충족되었습니다.

-'고대 전장의 영웅 I (히든)(에픽)' 퀘스트가 클리어되었습니다.

-명성(초월)을 3만만큼 획득합니다.

-연계 퀘스트, '용맹의 계승'이 발동됩니다.

-발동된 퀘스트는 드라키시스와의 대화가 끝난 뒤에 확인할 수 있습니다.

……후략…….

이어서 굳건히 닫겨 있던 현자의 탑 석문이 천천히 열리기 시작하였다.

그극- 그그그극-!

카일란의 세계관 안에서, 중간자의 역할은 본디 '차원의 중재'이다.

이안이 지금까지 그래 왔듯 중간자의 위격을 얻은 수많은 유저들은 여러 차원계를 동분서주하며 연계된 퀘스트들을 클리어하였으며.

그로 하여금 차원간의 균형이 맞춰지고 있었으니, 그것이 바로 '차원간의 중재'라고 할 수 있는 것이다.

그리고 중간계의 모든 중간자들은, 자신이 수행한 '중재 역할'의 성과에 따라 각 차원계에 대한 보이지 않는 공헌도를 쌓게 된다.

쉽게 말해 클리어한 퀘스트의 난이도와 중요도 등에 따라, 중간자로서의 역량에 대한 평가가 누적되는 것이다.

그리고 그렇게 누적된 각 차원의 공헌도가 일정 이상 쌓였을 때, 중간자는 그 한계를 넘어 자신이 가진 위격을 다시 한 번 초월할 자격이 주어진다.

지금 이안이 서 있는 이곳, '현자의 탑'에서 말이다.

고오오오-!

커다란 공명음이 울려 퍼지는 어두컴컴한 밀실.

깜깜하고 거대한 미증유의 공간에 들어선 이안은 저도 모르게 마른침을 꿀꺽 집어삼켰다.

'이곳에 고룡 드라키시스가 있는 건가?'

현자의 탑 안에 발을 디딘 이안은 또 한 번 어디론가 빨려 들어갔다.

그리고 그렇게 도착한 곳이 바로 지금 이안이 서 있는 이 곳.

실내라는 것이 믿기지 않을 만큼 거대하고 시커먼 공간 속에서, 이안은 최대한 안력을 돋우었다.

그 어둠 속에서, 거대한 무언가가 천천히 모습을 드러내고 있었으니 말이었다.

츠르르릇-!

마치 쇠사슬이 부대끼며 쓸려 내려올 때나 날 법한, 스산하고 차가운 마찰음.

그 소리가 들려옴과 동시에 새카만 어둠 속에서 한 쌍의 황금빛 눈동자가 번쩍였으며, 이어서 까맣게 닫혀 있던 밀실의 상부가 개방되었다.

그긍- 쿵-!

그러자 그곳에서, 하얀 빛이 쏟아져 내려 왔다.

"……!"

쏟아져 내린 빛줄기는 마치 고대의 신전神殿을 연상케 할 만큼 웅장하고 아름다운 공간을 천천히 비추기 시작하였다.

그리고 다음 순간.

이안은 드디어 기다렸던 존재를 마주할 수 있게 되었다.

하얀 빛을 반사하여 아름답게 빛나는 군청빛의 비늘.

신비로운 용린龍鱗으로 뒤덮인, 거대한 에인션트 드래곤을 말이다.

-기다렸다, 연지緣者여.

고룡은 거대한 입을 다문 채 이안을 응시하고 있었지만, 그의 강렬한 목소리는 이안의 뇌리에 똑똑히 박히기 시작하였다.

"절, 기다리셨단 말입니까?"

-그렇다.

"제가 이곳에 올 것을 어찌 알고……."

-그대는 용천의 가주들로부터, 이곳에 오를 자격을 부여받지 않았던가?

"그랬었지요."

-그것을 거부하지 않았으니 그 순간 그대의 운명은 정해졌던 것이다.

이안은 그의 정체를 따로 묻지 않았다.

눈앞의 고룡이 드라키시스임은 이미 너무 확실한 사실이었으니 말이다.

그의 머리 위에 떠올라 있는 황금빛 시스템 박스에, 다음과 같은 내용이 너무 선명히 박혀 있었던 것.

-태고의 고룡 드라키시스/Lv.???

하여 이안은 그에게 이름을 묻는 대신, 자연스레 대화를
이어 나갔다.

"운명이라면, 어떤 운명을 말씀하시는 겁니까?"

-초월자의 길에 오르지 못하거나, 아니면 이곳에서 나를 만나거나.

"……!"

-그대는 용천의 선택을 가장 먼저 받았으니, 이 탑을 지키는 셋의 탑주塔主 중 나를 만나게 된 것이다.

드라키시스의 이야기를 듣던 이안의 두 눈에, 작은 이채가 떠올랐다.

그의 이야기를 통해, 몇 가지 사실을 유추해 볼 수 있었던 것이다.

'현자의 탑을 지키는 존재가, 이 드라키시스 하나뿐이 아닌가 보네.'

드라키시스는 탑주가 셋이라 하였다.

그리고 이 성운을 밟기 위해 필요했던 성물 또한 셋.

이안은 이것이 결코 우연이 아닐 것이라 생각하였다.

'아마도 내 예상이 맞다면, 나머지 두 탑주는 각각 명계, 정령계와 관련 있는 NPC들이겠군.'

이안은 더욱 흥미로운 표정이 되었지만, 곧바로 질문을 던져 자신의 추측을 확인하지는 않았다.

흥미로운 사실인 것과 별개로, 당장 그렇게 중요한 부분도 아니었으니 말이다.

일단 이안이 해야 할 것은, 드라키시스를 만나면서 발동된 새로운 연계 퀘스트를 풀어 가는 것이었다.

'일단 퀘스트가 뭔지, 그것부터 들어야겠지.'

하여 잠시 뜸을 들이며 머릿속을 정리한 이안은 천천히 다시 입을 열었다.

이 거대한 에인션트 드래곤이 자신에게 원하는 게 뭔지, 확인해 보기 위해서 말이다.

"드라키시스 님께선, 제게 무엇을 기대하십니까?"

나직한 이안의 목소리에 드라키시스는 흥미로운 표정으로 입을 열었다.

—기대라…… 그래. 기대라면 기대겠지.

이어서 그는 이안의 시선을 정면으로 마주하며, 다시 천천히 말을 이었다.

—나는 이곳에서 항상, 새로운 신격神格의 탄생을 기다려 왔으니 말이야.

"……!"

드라키시스의 말을 들은 이안은 저도 모르게 눈이 휘둥그레졌다.

신격이라는 단어는 벌써 몇 번째 접하는 것이었지만, 이렇게 NPC가 직접 신격의 탄생을 언급하는 것은 처음이었으니 말이다.

'신격을 얻는다면, 정말 신이 되는 건가? 신이 되면 어떻

게 되는 거지? 운영자라도 되는 거야?'

신격의 탄생이라는 말을 들은 이안은 머릿속으로 이런저런 생각을 떠올려 보았다.

그리고 그런 그를 향해 드라키시스의 말이 다시 이어졌다.

–하지만 신격에 대해 논하는 것은 아직도 먼 미래의 일.

이안은 아무 말 없이 드라키시스의 이야기를 묵묵히 들었다.

–그대가 이곳에서 나를 만난 것은, 그 신격을 얻기 위한 여정의 시작이나 다름없다고 할 수 있지.

"그렇군요."

–그리고 내 역할은 바로, 그 험난한 길을 시작하려는 영혼에게 수천 년의 지혜를 나눠 주는 것이다.

드라키시스의 이야기들을 차분히 들었지만, 이안은 아직도 잘 감이 오질 않았다.

'지혜를 나눠 준다는 게, 대체 뭘 어떻게 한다는 거야?'

고룡의 말들은 무척이나 추상적인 내용이었고, 눈치 빠른 이안으로서도 그것을 머릿속에서 구체화시키는 것은 쉽지 않았으니 말이다.

그리고 그런 이안의 생각을 들여다보기라도 한 듯, 드라키시스가 다시 입을 열었다.

–그대는 고대 전장의 영웅이 걸었던 길을 따라, 이곳에 올 수 있었다.

"그렇습니다."

-그리고 이곳에서 그대가 첫 번째로 얻어야 할 지혜는 바로 용맹의 지혜.

"용맹의 지혜라 하심은……."

-고대 전장의 영웅. 그들의 용맹을 계승하는 것이다.

"……!"

드라키시스의 말을 들은 순간, 이안은 곧바로 퀘스트의 제목을 떠올렸다.

이어서 마치 기다리기라도 했다는 듯, 이안의 눈앞에 주르륵 퀘스트 창이 떠올랐다.

띠링-!

용맹의 계승(히든)(에픽)

용천의 의지를 계승한 당신은, 드디어 초월자의 자격을 얻어 현자의 탑에 도달하였다.
그리고 그곳에서, 당신을 기다리고 있던 고룡 드라키시스를 마주하게 되었다.
……중략……
드라키시스는 당신에게 자신의 지혜를 나눠 주어, 당신이 초월적인 존재가 될 수 있도록 도와줄 것이다.
그리고 그 지혜를 얻기 위해 당신은 세 가지 고난을 극복해야만 한다.
……중략……
드라키시스가 내리는 첫 번째 고난을 극복하고, 고대 전장의 영웅들의 용맹을 계승하도록 하자.
그것에 성공한다면, 당신에게 두 번째 고난에 도전할 자격이 주어질 것이다.
퀘스트 난이도 : SS+

퀘스트 조건
승천의 조건을 충족하여, 용오름을 오른 자.
중천의 동맹으로, 누적 공헌도 100만을 달성한 자.
중천의 가문 중 세 곳 이상의 수장으로부터, 능력을 인정받은 자.
'초월자의 자격'을 얻은 자.
'고대 전장의 영웅 Ⅰ'퀘스트를 성공적으로 수행한 자.
제한 시간 : 없음
보상 : 용맹의 반지
*거절하거나 포기할 수 없는 퀘스트입니다.

그리고 퀘스트의 내용을 찬찬히 읽어 내려가는 이안의 눈 앞에.

우우웅-!

커다란 황금빛의 포탈이 천천히 생성되기 시작하였다.

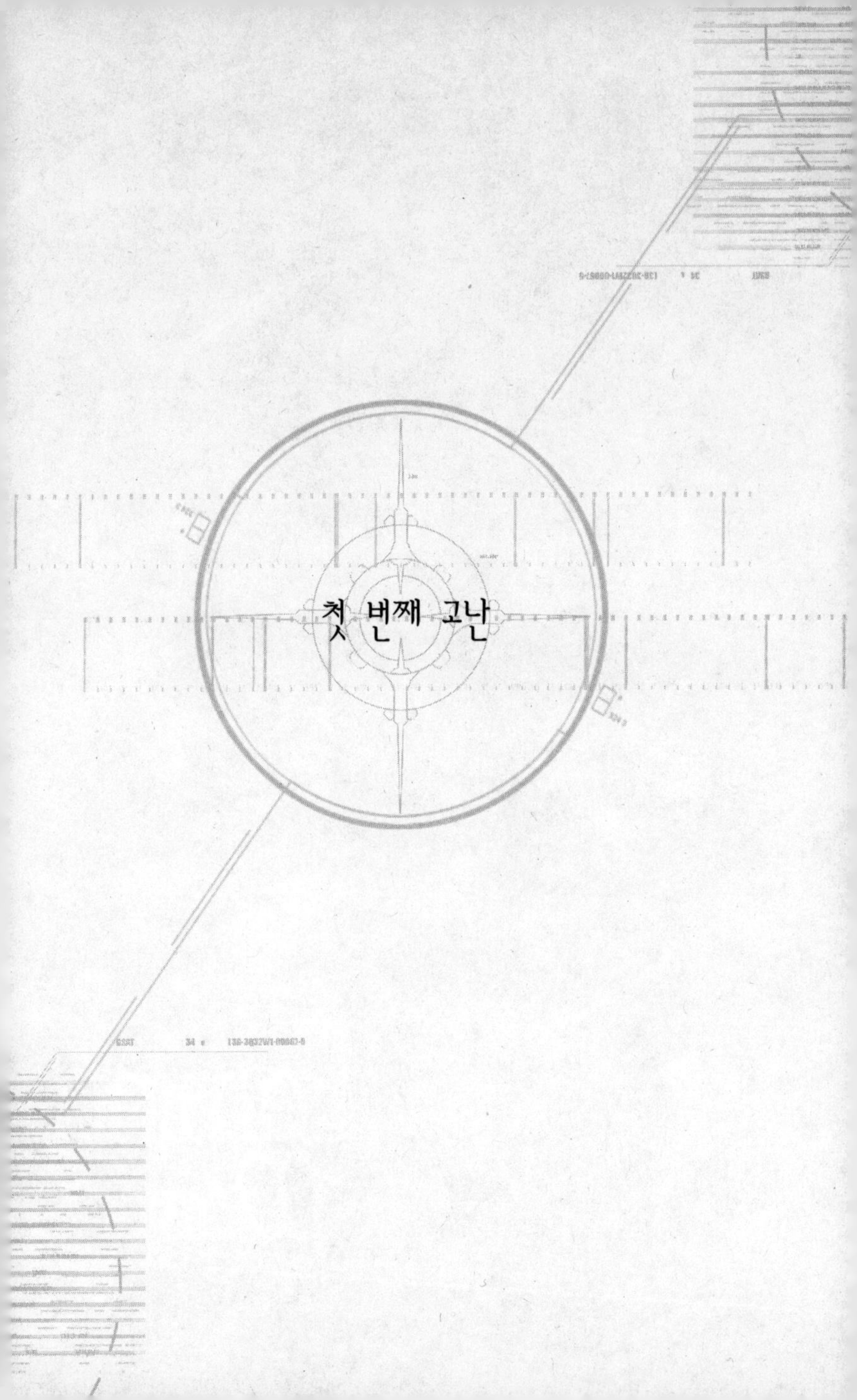

첫 번째 고난

Taming
Master

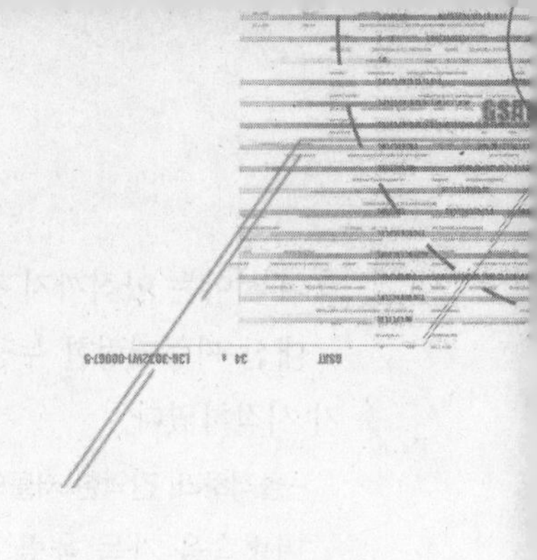

포털에 발을 디딘 이안의 시야는 순식간에 어두워졌고, 그는 자연스레 눈을 감았다.

그러자 그 까매진 눈앞에 떠오른 것은, 간결한 두 줄의 메시지였다.

–첫 번째 고난에 입장하였습니다.

–'전장의 영웅' 에피소드가 발동합니다.

'전장의 영웅 에피소드? 이게 뭐지?'

이안은 감았던 눈을 천천히 떴다.

하지만 눈을 떴다는 느낌이 잘 들지 않을 정도로, 까맣던 그의 시야는 아직까지 전혀 밝아지지 않았다.

대신 쩌렁쩌렁한 누군가의 목소리가, 이안의 귓전을 때리기 시작하였다.

–돌격하라! 간악한 저들의 손에서, 용천주龍天珠를 되찾아야만 한다!

머릿속을 가득 울릴 정도로 커다란 누군가의 일갈에, 이안은 순간 깜짝 놀랄 수밖에 없었다.

하지만 그 소리가 끝이 아니었다.

둥–둥–둥–.

커다란 그 외침을 시작으로, 적막하기 그지없던 그의 귓가에 수많은 다양한 소리들이 점점 더 크게 들려오기 시작했으니 말이었다.

촤라악–!

콰쾅–!

"와아아아……! 돌격하라!"

"에카리스의 신전을 함락하라!"

그리고 그렇게 많은 소리들이 귓전을 두들기면서, 어둠으로 가득하던 이안의 시야 또한, 천천히 밝아지기 시작하였다.

이어서 이안은 주변의 상황을 대략적으로 파악할 수 있었다.

'전장의 한복판에…… 떨어진 건가?'

눈앞에는 무척이나 긴박하고 치열한 광경이 펼쳐지고 있었지만, 그것과 별개로 이안은 딱히 당황하거나 조급해하지 않았다.

어차피 아직까지 그는 뭔가 할 수 있는 상황이 아니었으니 말이었다.

'그나저나, 나는 대체 어디에 있는 거야?'

지금 이안은 거의 관찰자의 시점이나 다름없었다.

치열한 전장을 조금 높은 곳에서 내려다보는, 마치 옵저버나 다름없는 시점에서 관조하는 관찰자.

당연히 몸을 움직이거나 어떤 행동을 할 수 있는 상황이 아니었고, 다만 이안이 할 수 있는 것은 눈앞에 펼쳐진 이 광경 속에서 최대한 많은 정보를 수집하는 것이었다.

'이게 드라키시스가 말했던…… 고대 영웅들의 전장이라는 건가?'

이안은 최대한 많은 정보를 머릿속에 담기 위해, 두 눈을 부릅뜨고 집중하였다.

이제 곧 이 전장의 한복판에 떨어진다면, 지금 캐치해 낸 정보들을 활용하여 어떤 임무를 수행해야 할 게 분명했으니 말이었다.

그리고 이안의 그런 생각을 시스템이 읽기라도 한 것일까?

우우웅-!

넓게 펼쳐졌던 이안의 시야가 순식간에 확대되며, 전장의 어디론가 빨려 들어가기 시작하였다.

'……!'

그리고 그와 함께 이안의 눈앞에 나타난 것은 자신의 몸집보다도 더 커다란 대검을 든, 비교적 평범해 보이는 외모의 한 청년이었다.

조금 특이한 점이라면, 쇄골부터 흉부로 이어지는 부분에 파란 드래곤 문양의 문신이 새겨져 있다는 정도.

'이 친구가, 뭔가 중요한 역할을 하는 건가?'

청년의 외모를 빠르게 훑은 이안은 그가 싸우는 것을 유심히 지켜보았다.

하지만 그의 싸움을 지켜볼수록, 이안은 더욱 의아해질 수밖에 없었다.

정황상 그가 이 전장의 주인공이라 생각하고 있었는데, 오히려 다른 등장인물들에 비해 전투력이 형편없었으니 말이었다.

까강-.

"크으윽……!"

상대 진영의 평범한 잡졸인 듯 보이는 이를 하나 상대하면서도, 고전을 면치 못하고 있는 눈앞의 청년.

그런 그를 보며 이안은 심지어 답답해질 지경이었다.

'이거 대체 뭐 하는 놈이지……?'

그리고 이안이 그런 의문을 가질 때쯤, 그의 눈앞에서 어떤 새로운 '스토리'가 전개되기 시작하였다.

"레무스, 조금만 더 힘을 내거라."

"뮈르 님……!"

"네가 해내지 못한다면, 꼼짝 없이 저들에게 용천주를 내주게 될 것이다."

"그런 일은…… 결코 없을 겁니다!"

'레무스'라 불린 청년은 주변의 다른 NPC들의 호위를 받으며 점점 적진에 가깝게 이동하고 있었다.

이안은 그런 그의 전투를 계속해서 유심히 지켜보았고, 그 결과 뭔가 특이점을 찾아낼 수 있었다.

'저 레무스라는 녀석…… 그냥 절대적인 전투 스텟이 부족한 것 같은데?'

처음 레무스의 전투를 봤을 때, 이안은 그가 무척이나 허접한 무사라고 생각했었다.

하지만 조금 더 깊이 관찰하니, 레무스의 실력 자체가 부족한 것은 아니라는 사실을 깨달을 수 있었다.

일단 검을 움직이는 센스 자체가 무척이나 탁월했으며, 상황 대처 능력이 무척 뛰어났으니 말이었다.

전투 AI 자체는, 이안의 0티어 가신인 카이자르나 헬라임과도 충분히 비견될 정도.

다만 레무스의 문제점은 이 전장 내에서 절대적인 스텟 자체가 무척이나 부족하다는 점이었다.

마치 100레벨들이 득실거리는 전장 안에서, 50레벨이 고군분투하는 느낌이었던 것이다.

하지만 다른 강력한 NPC들의 비호 속에서, 레무르는 계속해서 전진해 나갔고.

그 긴장감 넘치는 전투 장면을 지켜보던 이안은 저도 모르게 마른침을 꿀꺽 집어삼켰다.

'크, 한 대만 맞아도 죽을 것 같은데, 잘 버티네.'

그리고 이안이 그러한 생각을 떠올리던 그때.

띠링-!

익숙한 시스템 알림음과 함께, 이안의 눈앞에 새로운 메시지가 한 줄 떠올랐다.

-고대의 용사 '레무스'에게 빙의합니다.

'뭐라고……?'

생각지도 못했던 타이밍에 갑자기 떠오른 청천벽력 같은 메시지.

순간 이안은 적잖이 당황했지만, 시스템은 그런 그의 사정을 봐주지 않았다.

메시지가 떠오르고 채 2초도 지나기 전, 곧바로 레무스의 몸에 이안을 빙의시켜 버린 것이다.

-동기화가 완료되었습니다.

-용사 '레무스'의 용맹을 계승하세요.

……후략…….

이어서 레무스의 몸에 들어간 이안의 눈앞에, 새로운 메시지들이 주르륵 떠올랐다.

하지만 이안은 그것을 신경 쓸 겨를이 없었다.

"으아앗……!"

하필 레무스의 몸에 빙의된 시점이 위험천만한 투사체들이 날아들던 시점이었고, 그것들을 쳐 내고 피해 내느라 온 정신을 집중해야 했던 것이다.

쐐애액-!

까강-!

아마 이안이 전투에 집중하지 않고 있었더라면, 퀘스트를 시작조차 제대로 못 해 보고 사망할 뻔했던 것.

그리고 깔끔한 이안의 대응을 본 다른 NPC들은 놀란 표정이 되어 이안을 칭찬하였다.

"대단하군, 레무스!"

"훌륭했네!"

하지만 당연히 이안은 그들의 대사에 반응할 겨를이 없었다.

최초의 고비를 무사히 넘겼음에도 불구하고, 여전히 정신이 없었으니 말이다.

'집중하자, 집중……!'

급박한 전투 상황도 상황이었지만, 이제 눈앞에 주르륵 떠오른 시스템 메시지들을 정확히 확인해야 하는 것.

이 전장 안에서 이안이 뭘 해내야 하는지.

메시지에는 '그 내용'이 담겨 있었으니 말이었다.

–임무 A : 에카리스 신전 안으로 무사히 도착하시오.

–시간제한 : 900초

–임무 A를 완수할 시, 임무 B를 부여받을 수 있습니다.

–임무 도중 사망한다면 '용맹의 계승' 퀘스트에 실패하게 되며, 모든 연계 퀘스트가 드롭됩니다.

레무스는 이안의 짐작대로, 드라키시스가 언급했던 고대 전장의 용사였다.

그리고 지금 이안이 그의 몸에 빙의하여 들어온 이 전장은, 레무스가 '영웅'이 될 수 있도록 만들어 줬던 고대 신들의 전투였다.

정확히는 용신들이 잃어버린 용천주를 되찾기 위해 악신 에카리스의 신전을 공격하면서 벌어진, 용천의 사활이 걸려 있던 역사적인 전투.

용천주는 용천이라는 차원을 지탱해 주는 거대한 신력이

담긴 마력원이었고, 때문에 이것을 악신들에게 빼앗긴다면, 용천은 천천히 무너져 소멸할 수밖에 없는 상황이었다.

용천주가 없다 해서 당장 차원이 붕괴되는 것은 아니었지만, 새로운 마력이 생성되지 못해 차원을 지탱하는 마력이 고이면서, 점점 붕괴될 수밖에 없는 상황이었던 것이다.

그리고 결론부터 이야기하자면, 레무스의 임무는 에카리스의 신전에 봉인된 용천주를 되찾아 오는 것이었다.

—용천의 사활이 걸린 일이다, 레무스.

—알고 있습니다, 세카이토 님.

—그대를…… 믿겠노라.

용신들과 악신들의, 말 그대로 '신들의' 전쟁인 에카리스 신전의 전투.

그런데 여기서 한 가지 의아할 수 있는 것은, 신들의 전쟁에서 가장 중요한 역할을 맡은 것이 당시에 한낱 '중간자'의 위격을 가지고 있던 용사 '레무스'라는 점이었다.

물론 레무스가 평범한 중간자는 아니었다.

그는 마치 지금 시점의 이안처럼, 당대의 모든 중간자들 중 가장 뛰어난 능력을 가진 인물이었으니 말이다.

하지만 그렇다 하더라도 신격과 중간자의 위격 사이에는 크나 큰 간극이 존재했으니.

레무스가 이런 핵심적인 임무를 맡게 된 데에는, 분명한 이유가 있었다.

—에카리스……! 네년이 이런 미친 짓을 저지르고도 무사할 성싶더냐!

—호호, 제 생각에는 딱히, 무사하지 못할 이유도 없을 것 같은데요?

—내 직접 용천주를 되찾아, 네년을 소멸시켜 주겠노라……!

—할 수 있다면 해 보시지요. 세카이토.

—……!

—신좌께서 차원의 율법을 어기지 않고는, 결코 불가능한 일일 테니 말입니다.

악신들이 용천주를 봉인해 둔 곳은 바로 에카리스의 신전이었다.

하여 '신전'이라는 단어에서도 알 수 있겠지만, 이곳은 중간계의 영혼들이 에카리스를 섬기기 위해 세운, 중간계에 존재하는 신전이었다.

그리고 이것이 바로 이 에카리스 신전 전투에 '레무스'가 참전하게 된 이유였다.

—간악한 년……! 신전을 이용하다니!

신들은 중간계에서 자신의 힘을 전부 발휘할 수 없다.

심지어 자신이 아닌 다른 신을 섬기는 신전 안에는 발길조차 들일 수 없도록 되어 있었다.

그리고 악신 에카리스가 자신의 신전에 용천주를 봉인한 것이 바로 그러한 이유 때문이었다.

그녀는 자신보다 상위 신인 세카이토로부터 힘으로 용천주를 지켜 낼 수 없었지만, 자신의 신전에 그것을 봉인한다면 이야기가 달라지니 말이다.

아무리 그녀보다 세카이토가 강력한 권능을 가진 상위 신이라 하더라도, 신전에 봉인된 용천주를 가져갈 방법은 없었으니까.

하여 세카이토는 용천에서 가장 뛰어난 중간자였던 레무스에게 부탁할 수밖에 없었다.

—그대에게 주어진 시간은 30분이다, 레무스. 그 안에 어떻게든 신전의 안으로 들어서야만 한다.

—알겠습니다, 세카이토 님.

—나의 권능이 '신역神域'을 유지할 수 있는 시간은, 30분을 넘지 못할 것이다.

세카이토는 자신의 권능 중 하나인 '신역'을 발현하여, 레무스를 에카리스 신전의 안까지 들어갈 수 있도록 어떻게든 도울 생각이었다.

신들은 중간계에서 자신이 가진 힘을 반에 반도 내지 못하도록 되어 있었지만, 권능으로 잠시 동안 만들어 낸 '신역' 안에서라면, 그보다는 훨씬 더 큰 힘을 발휘할 수 있었으니 말이다.

에카리스의 신전이 있는 곳은 용천처럼 중간계의 하나인 악령의 차원계였고, 아무리 레무스라 하더라도 수많은 악령들을 뚫고 신전에까지 도달하는 것은 불가능에 가까운 일이었으니, 그곳까지는 그가 도달할 수 있도록 권능을 사용한 것이다.

―나의 권능으로 만들어진 신역이라고는 해도, 이곳에선 악신들 또한 신력을 발휘할 수 있을 것이다.

―그런……!

―하지만 신전에 도달할 때까지는 나와 나의 군대가 어떻게든 악신들로부터 그대를 지켜 내리라.

그리하여 레무스에게 빙의한 이안에게 부여된 첫 번째 임무가 바로, 용신들의 비호 속에서 에카리스 신전 앞까지 무사히 도달하는 것이 된 것.

타탓―파아앙―!

그리고 점점 더 전장에 녹아들기 시작한 이안은 크게 어렵지 않게 그 첫 임무를 완수해 낼 수 있었다.

띠링-!

-'에카리스의 신전'에 성공적으로 도달하셨습니다!

-세카이토의 '신역'이 해제됩니다.

-조건이 충족되었습니다!

-임무 B가 발동합니다!

하지만 신전에 들어선 순간, 이안은 본능적으로 알 수 있었다.

키에에엑-!

이제부터가 이 '용맹의 계승' 퀘스트의 진짜 시작점이라는 사실을 말이었다.

카일란의 세계관 안에 있는 여러 중간계들은 사실 완전히 평행한 격格을 가진 동급의 차원계들이 아니었다.

중간자의 위격만 가지고도 입성이 가능한 평범한(?) 중간계들이 있는가 하면, 성운을 밟을 자격을 충족하여야 입성할 수 있는 상위 중간계들이 따로 있었으니 말이다.

전자의 경우 이안이 지금까지 활약해 온 중간계인 정령계와 라카토리움.

또, 용천의 하위 차원계인 소천과 중천 등이 있었으며.

후자의 경우 이안이 퀘스트를 통해 잠시 가 볼 수 있었던 차원계인 '근원의 숲'과, 그조차도 아직 밟아 보지 못한 땅인 태천太天 등을 꼽을 수 있었다.

또한 유저들에게는 아직 공개된 적이 없었지만 스틱스강 너머의 명계에도 태천과 비슷한 격을 가진 '하데스'라는 차원계가 존재하였다. (카일란의 세계관에서 하데스는 죽음의 신을 부르는 명칭임과 동시에, 스틱스 강이 휘감고 있는 명계의 최심부를 일컫는다.)

그리고 지금 이안이 '용맹의 계승' 퀘스트를 하면서 처음 접하게 된 차원계인 '악령의 땅 이블리스'도.

태천이나 하데스와 마찬가지로 성운을 밟고 올라서야만 도달할 수 있는 최상위 중간계였다.

게다가 이블리스의 경우 명계나 용천처럼 반쯤 성운 아래에 걸쳐 있는 것도 아니었기에.

지금껏 단 한 번도 유저들의 발길을 허락한 적 없는 곳이었다.

심지어는 현 시점에서 가장 콘텐츠 진행 속도가 빠른 이안도 이름조차 들어 본 적 없는 생소한 곳이 바로 이블리스였던 것이다.

'스토리에 따르면, 여긴 악령의 땅 이블리스라는 곳인데…… 내가 여태껏 한 번도 들어 보지 못한 중간계가 존재할 줄이야.'

때문에 이안은 퀘스트를 진행하면서, 더더욱 긴장할 수밖에 없었다.

악령의 땅에 대해 모르니 이곳에서 등장하는 악령이라는 존재들에 대한 정보도 있을 리 없었고.

그것은 절대적인 전투 난이도와 별개로, 많은 변수를 창출할 수 있는 위험 요소였으니 말이다.

'다행히 이번 임무엔 시간제한은 없는 것 같으니…….'

신전에 진입한 이안이 가장 먼저 한 것은, 신전 내부의 악령들과 싸우는 것이 아니었다.

일단 가장 안전한 자리를 확보하고, 신전 내부의 구조를 파악하는 것이 우선이라 생각했으니 말이다.

'무식하게 싸울 게 아니라, 우선 계획부터 짜야겠지.'

안전해 보이는 자리로 빠르게 몸을 움직인 이안은 임무 메시지를 다시 확인해 보았다.

새로이 떠오른 임무 B의 내용 또한, 첫 번째 임무와 마찬가지로 무척이나 간단하였다.

–임무 B : 신전 안의 에카리스 신단을 찾아, 그곳을 지키는 제사장을 처치하십시오.

–시간제한 : 없음

–임무 B를 완수할 시, 마지막 임무가 부여됩니다.

하지만 이 간단한 내용 속에서, 이안은 몇 가지 사실을 유추할 수 있었다.

'결국 이 레무스라는 용사가 여기 온 이유는 용천주를 되찾기 위함일 테니, 마지막 임무라는 건 아마 그게 될 테고…….'

한 차례 고개를 주억거린 이안은 신전 측면의 복도를 따라 빠르게 이동하기 시작하였다.

'그렇다면 이번 임무에 명시된 제단이라는 곳에 용천주가 봉인되어 있을 확률이 높겠군.'

따로 미니 맵 같은 것이 제공되는 것은 아니었지만, 이안은 어렵지 않게 신전의 구조를 파악할 수 있었다.

대부분의 신전이 그렇듯 이 에카리스 신전 또한 완벽히 대칭형으로 설계된 건물이었고.

건물의 뻥 뚫린 중정을 기점으로 탁 트인 구조를 가지고 있었으니 말이다.

양 측면의 복도를 따라 쭉 이동하여 계단을 타고 오르면 넓게 트인 공간을 한눈에 확인할 수 있었으니.

이안은 그 '제단'이라는 곳의 위치가 어딘지 금세 알아낼 수 있었다.

'결국 저 가운데 보이는 원형 계단을 올라야겠군.'

신전의 3층으로 이어지는 원형 계단을 확인한 이안은 검을 쥔 손에 더욱 힘을 주었다.

이제 저 계단실을 지키는 악령들과의 싸움은, 피할 수 없게 되었으니 말이었다.

'조금 더 적응할 시간이 있었다면 좋았겠지만……'

손에 든 대검을 붕붕 휘둘러 본 이안은 긴장 어린 표정으로 계단실을 향해 다가가기 시작하였다.

그리고 잠시 후.

키에에엑-!

새카만 몸에 시뻘건 눈빛을 가진 악령들이 이안을 향해 모여들기 시작하였다.

LB사는 커다란 회사의 사옥 한 층을 전부 기획팀에 할애한다.

애초에 회사 규모 자체가 그 어떤 게임사보다 거대하기도 했지만 그 규모를 감안한다 하더라도 기획에 남다른 투자를 하는 것이다.

그리고 그 안에서도, 특히 기획 층 로비에 있는 커다란 사내 카페는 타 층의 직원들도 모여들 정도로 쾌적한 휴게 공간이었다.

음료의 질도 좋은 편인 데다 가격도 저렴하고, 무엇보다 여느 대형 커피숍 못지않을 정도로 넓고 커다란 공간이었기에, 협력사와의 미팅이나 내부 기획 회의조차도 이곳에서 이뤄

지는 경우가 무척이나 많을 정도였다.

그리고 카페의 한쪽 구석에서 3팀의 팀장 나지찬은 여느 때와 마찬가지로 커피를 홀짝이고 있었다.

그의 앞에는 입사한 지 몇 개월이 채 지나지 않은 중고 신입(?) '김지안' 사원이 마주 앉아 있었다.

"그러니까 팀장님, 결국 이 초월자의 콘텐츠라는 건…… 진짜 수지 타산 안 맞는 기획이군요."

나지찬이 업무 시간에 신입과 함께 커피숍에 앉아 있는 이유는, 다른 것이 아니었다.

최근 진행 중인 초월자의 콘텐츠.

즉, '성운' 이후의 콘텐츠들에 대해, 신입에게 인수인계를 하기 위함이었던 것이다.

이제까지는 아무도 그 영역에 발을 딛지 못했기에 인계의 필요성이 없었지만.

'이안'이라는 괴물이 그 시작점에 발을 들인 이상.

기획 마감은 코앞으로 다가온 것이나 마찬가지였으니까.

그리고 지금 두 사람은 초월 콘텐츠의 기획 콘셉트에 대한 이야기를 하는 중이었다.

"수지 타산이라…… 괜찮은 비유네."

"그렇죠?"

"소수를 위한 콘텐츠지만, 그 어떤 콘텐츠보다 개발 공수가 많이 들어가니…… 표면적으로 접근하면 지안이 네 말이

맞군."

두 사람이 이야기하는 초월자의 콘텐츠는 결국 중간계의 최상위 콘텐츠들부터 신계까지 이어지는 카일란 최상위 콘텐츠라 할 수 있었다.

그리고 내부적으로 명명된 이 콘텐츠의 프로젝트 네임은, 'Nobless Project'였다.

"노블레스 프로젝트라는 파일명을 보고 뭔가 했는데……. 이제 확실히 이해가 되네요."

"이 게임을 플레이하는 최상위 귀족들. 결국 그들을 타깃으로 맞춰진 콘텐츠들이니까."

두 사람이 이야기하는 이 초월자의 콘텐츠는 지금까지 카일란의 콘텐츠들과 아예 성격 자체가 달랐다.

처음부터 모든 유저들이 즐기길 바라며 만든 콘텐츠가, 절대로 아니었던 것이다.

수백, 수천만이 넘는 카일란 유저들 중, 가장 특별한 몇몇만을 위해 만들어진 콘텐츠인 것.

하지만 그렇다고 해서 소위 말하는 '고인물'만을 위한 콘텐츠는 아니었다.

기획팀에서 생각하는 그 '특별함'의 기준이라는 것은, 플레이타임이나 자원보다는 오롯이 게임에 대한 이해도와 실력이었으니까.

"초월의 길을 끝까지 걸을 수 있는 유저가…… 현 시점에서 몇 명이나 될 거라고 보세요, 팀장님은?"

김지안의 질문에 나지찬의 얼굴에 옅은 미소가 걸렸다.

이것은 처음 이 초월 콘텐츠를 기획할 때부터 그가 항상 생각해 왔던 의문이었으며, 그와 동시에 무척이나 흥미로운 주제였으니 말이다.

하여 나지찬의 입에서는 곧바로 대답이 튀어나올 수 있었다.

"글쎄, 대략 셋 정도?"

그의 대답을 들은 지안은 무척이나 놀란 표정이 되었다.

초월 콘텐츠의 난이도가 지옥 같은 수준이라는 것은 기획서를 봐서 잘 알고 있었지만, 그래도 나지찬의 입에서 나온 셋이라는 숫자는 너무 적었으니 말이다.

"그, 그 정도 난이도예요?"

"일단, 내가 생각하기론 그래."

김지안은 잠시, 나지찬의 머릿속에 있을 그 셋이 누구일지 유추해 보았다.

"세 명이라면…… 이안과 카이는 일단 포함되겠고…… 나머지 하나는 누구일까요? 류첸? 아르케인?"

하지만 그의 이야기에 나지찬은 고개를 절레절레 저었다.

"글쎄, 한 명 빼곤 다 틀렸어."

"네에……?"

"카이, 류첸, 아르케인…… 셋 다 아마 초월의 길은 곧 걸게 되겠지만, 그 끝까지 닿을 만한 유저는 아니야."

나지찬의 말이 끝나자 김지안의 두 눈이 또다시 휘둥그레졌다.

기획된 초월 콘텐츠의 허들을 넘을 수 있는 유저가 셋 정도밖에 안 된다는 사실을 들었을 때보다도 훨씬 더 놀란 표정이 된 것이다.

"류첸이나 아르케인은 몰라도…… 카이도 아니라고요?"

"그래, 오히려 카이보다는 류첸이 더 가능성이 있을 수도 있겠어."

"어째서요?"

"카이가 갖춘 건, 압도적인 피지컬뿐이니까."

"으음……?"

"압도적인 피지컬과 카리스마만으로도 이 정도 위치에 오를 수 있을 만큼 그 장점이 대단하긴 하지만…… 결국 그뿐이야."

잠시 뜸을 들인 나지찬의 입이 다시 천천히 떨어졌다.

"초월자의 길을 걸을 땐 그 누구의 도움도 받을 수 없는 시점이 여러 번 오고…… 조력자 없는 카이는 결국 벽을 넘지 못할 거야."

"그런……가요?"

"카이의 게임 이해도는 최상위 랭커들 기준으로 보면 그렇게 높은 편이 아니거든."

물론 지금까지 랭커들이 쌓아 온 명성과 재화, 그 모든 스펙들이 초월의 길에서 아예 의미 없는 것은 아니었다.

카일란은 결국 RPG게임이었고, 그 시스템 안에서 일궈낸 것들이 무용해지는 것은 기획팀도 결코 원치 않는 결과였으니 말이다.

오히려 쌓아 온 스펙이 부족한 유저라면, 애초에 초월의 길의 시작점에조차 도달할 수 없는 것.

다만 그렇게 쌓아 온 스펙의 도움을 받지 않고, 오로지 플레이 능력으로만 해결해야 하는 과정들 또한 시험의 길 곳곳에 존재할 뿐이었다.

"하긴…… 생각해 보면 지금 이안이 도전하고 있는 고난의 과제들부터가 스펙으로 어떻게 해 볼 수 있는 콘텐츠가 아니네요."

"그렇지."

"처음 기획서를 읽었을 땐 별생각 없었는데, 팀장님 말씀을 듣고 보니 확실히 그렇게 짜여졌군요."

김지안의 말을 들은 나지찬이 흡족한 표정으로 고개를 끄덕였다.

"역시 지안이가 이해가 빨라서 좋아."

"하핫…… 감사합니다."

지금 이안이 도전 중인 첫 번째 고난인 용맹의 계승.

이안은 지금 이 퀘스트를 플레이하면서 자신이 아닌 완전히 다른 NPC에 빙의하여 있다.

심지어는 소환술사도 아닌 고대 용사의 몸을 가지고, 용천주를 되찾아 오라는 고난이도 임무를 수행해야 하는 것이다.

물론 이 용맹의 계승 고난은, 어떤 '현자'에게 퀘스트를 받느냐에 따라 누가 퀘스트를 수령하였느냐에 따라 각기 다른 임무를 수행하게 된다.

하지만 그래도 한 가지는 확실하였다.

누가 되었든 자신이 아닌 별개의 NPC에 빙의하여 그의 용맹을 계승해야 하며.

그 NPC는 플레이어가 가진 클래스가 아닌 완전히 다른 클래스의 NPC일 것이라는 임무의 방향성 말이다.

좀 더 직설적으로 말하자면, 레벨과 히든 클래스, 장비 등을 다 떠나서 그냥 게임을 '잘'해야 극복할 수 있는 고난인 것이다.

"그나저나 팀장님 말씀대로라면…… 초월의 길 허들이 너무 높은 건 아닌지 걱정되네요."

"어째서?"

"극소수만이 즐길 수 있는 콘텐츠라면, 다른 유저들이 박탈감을 느낄 수도 있을 테니까요."

김지안의 걱정 어린 이야기에 나지찬은 고개를 끄덕였다.

그것은 충분히 기획자로서 할 법한 걱정이었으니까.

하지만 나지찬이 생각하기에 지금 김지안은 이 기획의 목적을 절반 정도만 이해하고 있었다.

"지안이 너, 혹시 조금 아까 내가 했던 말 기억해?"

뜬금없는 나지찬의 물음에 김지안이 고개를 갸웃하며 반문하였다.

"팀장님이 하셨던 말요?"

"수지 타산이 맞지 않는 기획이라는 네 이야기에 내가 절반 정도만 동의했었잖아."

"절반이라면…… 아! 표면적으로는 '그렇겠네.'라고 하셨던 것 같네요."

"맞아, 그렇게 말했었지."

나지찬은 고개를 끄덕이며 다시 입을 열었다.

"사실 이 마지막 콘텐츠는 결코 개발 수지 타산이 맞지 않는 기획이 아니야."

"어째서…… 그렇죠?"

"실질적으로 초월의 길을 끝까지 걸을 수 있는 유저는 지극히 한정되어 있겠지만, 그 끝이 또 새로운 콘텐츠의 시작이거든."

"음……?"

이해하기 힘든 선문답 같은 나지찬의 이야기에 고개를 다시 갸우뚱하는 김지안.

그를 향해, 나지찬이 씨익 웃으며 다시 입을 열었다.

"초월의 길을 끝까지 걸은 유저는, 그 자체로 하나의 콘텐츠가 될 거야. 그리고 그 콘텐츠는…… 모두가 함께 즐길 수 있는 콘텐츠지."

"그게 대체 무슨 말이에요?"

"기획서를 끝까지 다 인계받으면, 아마 이해할 수 있을 거야."

"후우…… 뭔가 많이 어려워 보이네요."

머리가 지끈거리는지 고개를 절레절레 저으며 음료를 입에 가져다 대는 지안.

그런 그를 향해 나지찬이 다시 입을 열었다.

"그리고 지안아."

"네……?"

"너무 걱정하지 마."

"……?"

더욱 미묘한 표정이 된 김지안을 향해 나지찬이 씨익 웃으며 한마디를 덧붙였다.

"'신'을 보면서 박탈감을 느끼는 인간은 이 세상 어디에도 없을 테니 말이야."

악령들은 강력했다.

하지만 그렇다 해서 이안이 버겁게 느낄 정도는 아니었다.

신전 안의 악령들과 제사장은 오히려 신전 바깥에 있던 악신의 군대보다 훨씬 더 약했으니 말이다.

좌아악-!

'하긴, 밖에 있던 놈들 수준이었으면…… 거의 퀘스트 깨지 말라고 만들어 놓은 거겠지.'

그리고 이안은 정확히 알지 못했지만 거기에는 당연히 이유가 있었다.

처음 이안이 신전 밖에서 싸울 때에는 전장에 세카이토의 신역이 펼쳐져 있었고.

그 때문에 신들의 군대가 중간계인 악령의 땅에 내려올 수 있었던 것이다.

세카이토가 펼친 신역이라지만 악신들 또한 이용할 수 있는 것이었고.

결국 신전 바깥에서 이안이 상대했던 적들은, 신격을 가진 존재들이었던 것.

하지만 지금은 이안이 신전 안으로 들어오면서 세카이토의 신역이 사라진 상태였고.

때문에 이안이 상대하는 악령들은 전부 중간자의 위격만 가지고 있는 존재들이었다.

악신의 군대들보다 훨씬 약한 것이 너무도 당연한 것이다.

-에카리스 신단의 '제사장'에게 치명적인 피해를 입혔습니다!

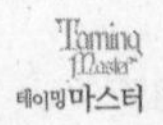

—'제사장'의 생명력이 192,801만큼 감소합니다.

—'제사장'의 생명력이 전부 소진되었습니다.

하여 신단을 지키는 제사장까지도 안정적으로 처치해 낸 이안은 뒷머리를 긁적이며 속으로 중얼거렸다.

'첫 번째 고난이어서 그런가? 책정된 난이도에 비해 좀 쉬운 감이 있는데…….'

물론 그렇다고 해서 이안이 아주 여유롭게 임무를 성공시킨 것은 아니다.

제사장을 베어 내는 마지막 순간, 이안의 숨은 턱밑까지 차올라 있었으며.

생명력 또한 절반 이하까지 떨어져 내려 있었으니 말이었다.

'엘이라도 소환할 수 있었다면…… 활력 마법을 사용할 수 있었을 텐데, 아쉽군.'

하지만 항상 한계 난이도의 퀘스트를 플레이해 온 이안에게 큰 위험 없이 마무리된 첫 번째 임무는 아무래도 쉽게 느껴질 수밖에 없었을 뿐이었다.

띠링—!

—에카리스 신단의 제사장을 성공적으로 처치하셨습니다!

—조건이 충족되었습니다!

-마지막 임무가 발동합니다!

이안의 대검에 가슴팍이 갈라진 제사장이 힘없이 쓰러지자, 이안의 눈앞에 새로운 시스템 메시지들이 황금빛으로 터져 나왔다.

-최종 임무 : 신단에 봉인되어 있는 '용천주'의 봉인을 해제하십시오.

-시간제한 : 5분

-마지막 임무를 완수할 시, 용사 '레무스'의 용맹을 계승합니다.

그리고 메시지를 확인한 이안은 지체 없이 신단으로 뛰어올랐다.

타탓-!

제사장과 전투를 시작하기 전에도 이미 이안은 용천주의 위치를 확보해 놓은 상태였으니까.

'봉인 해제를 어떻게 해야 하는지는 모르겠지만…… 일단 가 보면 알 수 있겠지.'

어찌 되었든 5분이라는 시간제한은 절대적으로 짧은 시간이었고, 때문에 이안은 최대한 서둘렀다.

그리고 계단의 꼭대기에 올라 용천주의 앞에 선 순간, 이안은 봉인 해제의 방법을 어렵지 않게 알 수 있었다.

띠링-!

예의 익숙한 시스템 알림음과 함께, 한 줄의 메시지가 추가로 떠올랐으니 말이다.

–봉인의 핵에 '용천대검龍天大劍'을 꽂아 넣으면, 용천주의 봉인을 해제할 수 있습니다.

이안은 용천대검이 뭔지 몰랐다.

하지만 이 메시지를 확인한 순간, 곧바로 알 수 있었다.

'검신劍身에 왠 용 문양이 새겨져 있더라니…… 레무스의 이 대검이 용천대검이었나 보군.'

등에 걸어 메고 있던 용천검을 다시 뽑아 든 이안은 침착하게 봉인의 앞으로 다가갔다.

그리고 허공에 둥둥 떠 있는 보주를 확인한 뒤, 그 아래에 힘껏 대검을 꽂아 넣었다.

콰광– 콰드드득–!

허공에 부유하는 보주를 휘감은 시커먼 기운들은 보주의 그림자 아래로 휘몰아치며 이어져 있었고, 그 시커먼 그림자가 봉인의 핵임을 본능적으로 인지한 것이다.

퍼석–!

그리고 이안의 예상은 정확히 맞아떨어졌다.

–'용천'의 힘이 악신의 기운을 분해합니다.

–악신 '에카리스'의 봉인에 균열이 생기기 시작합니다.

–현재 봉인 해제율 : 0.75%

이안의 검이 정확히 어둠의 그림자를 파고들자 서서히 검은 기운들이 흩어지기 시작한 것이다.

–현재 봉인 해제율 : 3.38%

–현재 봉인 해제율 : 3.77%

……후략…….

하지만 이안은 임무가 순조롭게 풀릴수록 더 긴장할 수밖에 없었다.

'분명 뭔가 있을 텐데…….'

지금 그의 눈에 보이는 봉인 해제 속도대로라면 넉넉잡아도 2분 안쪽으로 보주의 봉인이 해제될 것 같았는데, 제한 시간은 그 두 배가 훌쩍 넘는 5분이나 되었으니 말이다.

세 가지 임무 중 마지막 임무인 봉인 해제가 이렇게 싱겁게 끝날 리 없는 것.

구우우웅–!

그리고 그런 이안의 생각을 읽기라도 한 것인지.

이안의 근처로 스산한 기운이 넘실거리기 시작하였다.

—신전의 주인 '에카리스'가 분노하였습니다.

—악신 '에카리스'의 사자使者들이 신단에 강림합니다.

파아아앗—!

봉인 해제율이 30%에 다다르자 신단을 통해 나타난 새카만 그림자들이 이안을 향해 내달렸다.

그리고 그것을 확인한 이안은 한 가지 선택을 해야만 했다.

'어쩌지? 검을 뽑아야 하나?'

지금 이안이 빙의한 레무스에게는 이 용천대검이 유일한 무기였고.

이 무기 없이 에카리스의 사자들을 상대할 수 있을지 감이 오지 않았으니 말이다.

하지만 이안의 고민은 길게 이어질 수 없었다.

—감히 에카리스 님을 모독하다니!

—건방진 중간자여. 그대의 영혼을 소멸하리라!

에카리스의 사자들이 순식간에 봉인까지 도달했을 뿐 아니라 지금 검을 뽑아서 한 가지 사실을 확인해야 했으니 말이다.

'검을 뽑으면 봉인 해제율이 초기화되는지…… 그걸 지금 확인해 봐야 해.'

아직 제한시간은 4분도 넘게 남은 상황이었고.

만약 검을 뽑아 해제율이 초기화된다 하여도 지금이라면 충분히 다시 시작할 수 있는 시간.

악신의 사자들을 막아 내는 데 검을 사용해도 되는지를 판단하기 위해서라도 지금은 우선 검을 뽑아 봐야 했다.

"흐으읍……!"

이안이 검을 다시 잡고 힘을 주자 용천대검이 그대로 어둠 속에서 쭈욱 뽑혀 올라왔다.

스르릉-!

그리고 다음 순간.

띠링-!

떠오른 시스템 메시지를 확인하는 이안의 두 눈에 살짝 이채가 어렸다.

-용천대검을 회수하셨습니다.

-악신의 기운이 봉인에 생긴 균열을 메우기 시작합니다.

-현재 봉인 해제율 : 30.02%

-현재 봉인 해제율 : 29.75%

……후략…….

메시지를 읽자마자 이게 어떻게 생겨먹은 시스템인지 확인할 수 있었으니 말이다.

'검을 꼽아 넣으면 봉인이 해제되기 시작하고, 뽑으면 다시 해제율이 올라간다라……'

해제율이 내려가는 속도와 올라가는 속도는 이안의 체감으론 거의 같은 수준이었다.

그리고 그 말인 즉, 검을 사용해서 전투하는 시간이 짧을수록 봉인 해제를 더 앞당길 수 있다는 뜻.

'저 악신의 사자인지 뭔지…… 최대한 빠르게 머리통을 쪼개 버리고, 다시 봉인에 검을 꽂아 넣어야겠군.'

생각을 정리한 이안은 쏜살같이 악신의 사자들을 마중(?) 나갔다. 조금이라도 시간을 벌기 위해서는 좀 더 적극적으로 움직일 필요가 있었으니 말이다.

까앙-.

이제는 레무스의 몸과 용천대검에 완벽히 적응한 것인지 능숙하게 검을 휘둘러 악신의 사자들을 상대하는 이안.

까가강-!

그리고 이안은 알 수 없는 사실이었지만, 그렇게 고군분투하는 그를 흥미롭게 지켜보는 세 쌍의 눈동자가 있었다.

"오랜만의 손님이로군요, 드라키시스."

"어떤가, 드라키. 5천 년 만에 자네의 잠을 깨운 친구 말일

세.”

현자의 탑 꼭대기에 있는 팔각 형태로 만들어진 거대한 홀.

홀의 중앙에는 집채만큼 거대하고 투명한 보주인 ‘현자의 구슬’이 박혀 있었고.

그 주변에는 세 사람이 나란히 둘러앉아 있었다.

새하얀 은발의 아름다운 여성과 날카로운 인상을 가진 적안의 사내.

그리고 푸른 청백색의 머릿결을 늘어뜨린 선풍도골의 노인이 바로 그들이었다.

“뭐, 아직까지는 훌륭하다네. 하지만 기대는 너무 하지 않는 게 좋겠지.”

“왜요?”

“후후. 그게 자네 마음대로 될까?”

각자 확실한 특징을 가진 외모의 세 인물들은 사실 사람의 외모를 가지고 있을 뿐.

결코 평범한 ‘사람’들이 아니었다.

청백발의 노인의 정체부터가 이안에게 고난을 내린 고룡 드라키시스였으며.

날카로운 인상을 가진 흑발의 청년은 고대의 명왕 라키아누스.

마지막으로 새하얀 은발 미녀의 정체는 조화의 정령왕 아르테론이었으니 말이다.

이들의 공통점은 '반신半神'의 존재라는 것이었으며, 그와 동시에 이 현자의 탑을 지키는 주인이라는 것이었다.

"이미 나는 마음을 비운 지 오래라네. 이제는 이 탑의 일부가 된 것 같은 수준이니 말이지."

"후후, 하긴. 내가 영감이었더라도 이미 해탈했을 것 같기는 하군."

"호호. 지금이야 그러실지 몰라도 갈수록 더 기대되실 걸요?"

"경험담인가, 아르테론?"

"으음…… 뭐, 그렇다고 해 두죠."

초월의 길 초입을 지키는 세 명의 현자의 탑 주인들.

세 사람이 보주를 통해 지켜보고 있는 것은, 당연히 이안의 활약이었다.

같은 현자의 탑에 살면서도 1년에 한 번 마주칠까 말까 한 그들이 한데 모인 이유가 애초에 이안이었으니 말이다.

현자의 탑에 중간자가 발을 들이는 것은 무척이나 희귀한 일이었고.

탑의 주인인 세 사람에게 이것만큼 활력이 되는 이벤트도 없었던 것이다.

"흥미롭군, 흥미로워……."

"다행히 용맹의 계승 정도는 충분히 해낼 친구 같은데요, 드라키?"

"그랬으면 좋겠구먼그래."

"기대하지 않는다면서, 영감."

"물론 저 영혼이 모든 고난을 이겨 낼 수 있을 거라고는 기대하지 않네만…… 부디 첫 번째 고난에서 미끄러져 버리지는 않기를 바라고 있다네."

"흐음, 5천년의 기다림이 너무 허무해서?"

"뭐, 비슷한 이유라고 해 두지."

현자의 보주 안에서는 악신의 신전에서 고난을 수행 중인 이안이 치열하게 고군분투하고 있었다.

온 힘을 다해 대검을 휘둘러 신의 사자들을 물리치며.

어둠으로 휩싸인 용천주의 봉인을 풀어내는 이안!

세 탑주塔主들은 각기 다른 표정으로 그 모습을 지켜보고 있었지만 적어도 한 가지는 확실했다.

그들 모두가 고난 속의 이안을 응원하고 있다는 사실 말이다.

그리고 가장 무미건조한 편이던 드라키시스의 표정 또한.

이안이 악신의 사자를 하나하나 쓰러뜨릴 때마다 점점 더 밝아지고 있었다.

"슬슬 두 번째 고난을 준비해야겠는데요, 드라키?"

"재밌군……! 재밌어! 빨리 다음 고난을 준비하자고, 영감."

일곱 번째 악신의 사자가 이안의 검에 쓰러진 순간.

이안이 용맹을 계승해 내는 것은 거의 확정적인 상황이 되었으니 말이었다.

"흘흘, 그래야겠군. 이 정도의 능력이라면 충분히 에무스의 용맹을 계승할 자격이 있겠지."

주름진 드라키시스의 입가에 식별하기 힘들 정도의 옅은 미소가 살짝 번져 나갔다.

그리고 잠시 후.

펄럭-!

양손을 들어 보주에 가져다 댄 드라키시스가 슬며시 두 눈을 감았다.

-연자여……!

-그대에게 용맹의 계승을 허하노라.

이어서 드라키시스의 칼칼한 목소리가 쩌렁쩌렁 울려 퍼진 바로 그 순간.

우우웅-!

그의 손에서 퍼져 나간 시퍼런 빛의 기운이 현자의 보주를 향해 빠르게 빨려 들어가기 시작하였다.

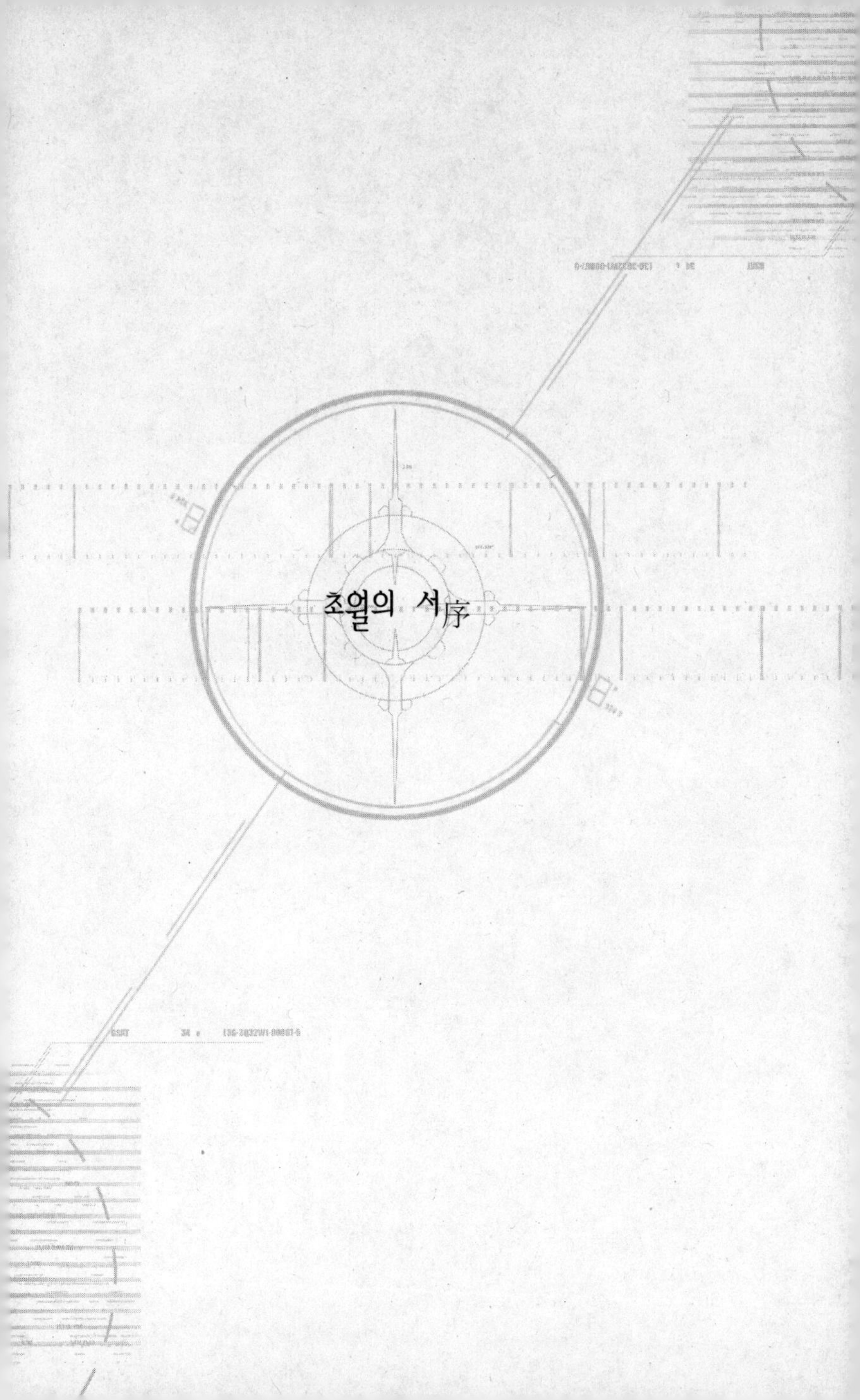

초월의 서序

Taming
Master

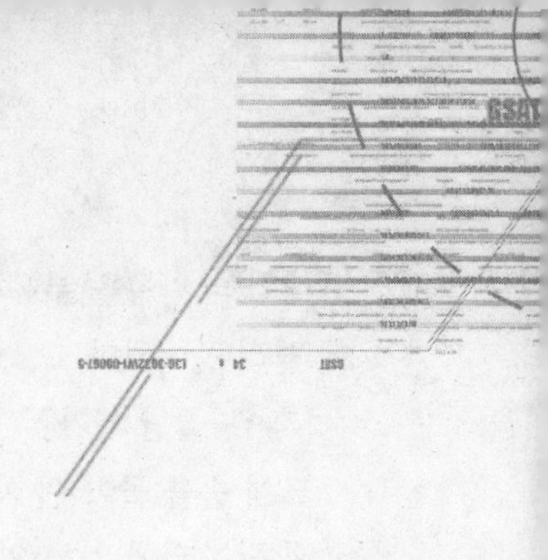

띠링—!

—악신의 기운이 전부 소멸되었습니다.

—용천의 기운이 보주에 흡수됩니다.

—'용천주'의 봉인 해제에 성공하셨습니다!

—마지막 임무를 성공적으로 완수하셨습니다!

보주에 휘감겨 있던 시커먼 기운이 흩어지자 바닥에 박혀 있던 용천대검이 스르르 빠져나와 허공에 두둥실 떠올랐다.

그리고 그와 동시에.

우우웅—!

대검의 위쪽을 부유하던 용천주가 그대로 이안의 손아귀에 빨려 들어왔다.

"후우. 끝난 건가?"

크게 숨을 몰아 쉰 이안은 나직한 목소리로 중얼거렸다.

오른손 위에 얹혀 영롱한 황금빛을 뿜어내는 용천주의 자태.

그것을 잠시 응시하는 이안의 귓가로 낯익은 목소리가 들려왔다.

—연자여……!

—그대에게 용맹의 계승을 허하노라.

그리고 그 목소리를 들은 이안은 표정이 한결 밝아질 수밖에 없었다.

용맹의 계승을 허한다는 이야기는 곧 첫 번째 고난을 무사히 마쳤다는 의미였으니 말이다.

'좋았어.'

하나의 고난을 클리어해서인지 마치 시간이 멈추기라도 한 듯 적막 속에 잠긴 에카리스의 신전.

잠시 후 이안의 눈앞에 퀘스트 메시지가 주르륵 하고 떠오르기 시작하였다.

띠링—!

—'용맹의 계승(히든)(에픽)(연계)' 퀘스트를 성공적으로 클리어하셨습니다!

—클리어 등급 : SS

……중략……

—퀘스트를 완수하여 클리어 보상을 획득합니다.

—'용맹의 반지(초월)(봉인)' 아이템을 획득하셨습니다.

—연계 퀘스트, '지혜의 계승(히든)(에픽)(연계)' 퀘스트를 수령합니다.

메시지를 확인한 이안은 무척이나 흥미로운 표정이 되었다.

'지혜의 계승'이라는 이름의 다음 연계 퀘스트 또한 흥미로웠지만, 그것보다도 더 그의 관심을 끄는 것은 당장 보상으로 얻은 '용맹의 반지' 아이템이었다.

'용맹의 반지…… 이건 대체 뭐지?'

이안이 용맹의 반지에 꽂힌 이유는 다른 것이 아니었다.

외형 자체는 평범한 반지 형태의 액세서리였지만 아이템의 형식이 그가 완전히 처음 접하는 형태였으니 말이었다.

용맹의 반지

등급 : ???(봉인)
분류 : 액세서리
초월의 길을 걷기 시작한 자만이 착용할 수 있는 아이템입니다.

초월자의 손에 끼워진다면, 장비의 봉인이 해제될 것입니다.
*고룡 드라키시스가 내리는 고난을 전부 극복해 내지 못할 시, 소멸되는 아이템입니다.

봉인된 상태라고는 해도 무척이나 심플한 구성으로 되어 있는 아이템의 정보 창.

레벨 제한조차 명시되어 있지 않은 이 아이템의 정보 창에서, 이안의 눈길을 사로잡은 것은 바로 아이템의 설명이었다.

'초월자의 길을 걷기 시작한 자만이…… 착용할 수 있다……라…….'

아이템의 착용 제한에 특정 퀘스트 클리어가 들어가는 경우가 없는 것은 아니었지만 무척이나 희귀한 케이스였으며.

게다가 레벨 제한이 들어가야 할 칸 자체가 아예 존재하지 않는 아이템의 정보 창이다 보니, 이안으로서는 궁금증이 생길 수밖에 없는 것이다.

하지만 그러한 이안의 호기심은 오래 갈 수 없었다.

띠링-!

다시금 시스템 알림음이 울려 퍼지며 두 번째 고난이 담긴 퀘스트가 눈앞에 떠올랐으니 말이었다.

지혜의 계승(히든)(에픽)(연계)

악신 에카리스의 신전에 들어가 성공적으로 용천주를 찾아내고 그 봉인을 해제하는 데 성공한 당신은, 현자의 탑주이자 고룡인 드라키시스로부터 '용맹의 계승'을 허락받았다.

……중략……

하지만 초월의 자격을 얻기 위한 세 가지 덕목 중, '용맹'은 가장 기본적인 바탕일 뿐.

하여 드라키시스는 당신에게 두 번째 덕목인 '지혜'를 계승하기 위한 고난을 선사하였다.

만약 당신이 두 번째 고난마저 극복해 낸다면, 드라키시스로부터 마지막 덕목에 대해 들을 수 있을 것이다.

퀘스트 난이도 : 알 수 없음

퀘스트 조건

승천의 조건을 충족하여 용오름을 오른 자

……중략……

'초월자의 자격'을 얻은 자

'용맹의 계승' 퀘스트를 성공적으로 수행한 자

제한 시간 : 없음

보상 : 지혜의 목걸이

*거절하거나 포기할 수 없는 퀘스트입니다.

"흐음……."

하지만 퀘스트 창을 다 읽었음에도 불구하고 이안은 고개를 갸웃할 수밖에 없었다.

'감이 전혀 안 오는데…….'

어떤 식으로 퀘스트가 전개될지 조금이라도 예상해 볼 수 있었던 용맹의 계승에 비해.

'지혜의 계승'이라는 이름은 아예 감이 오질 않았으니 말이다.

'그냥 부딪쳐 보는 수밖엔 없으려나.'

그리고 잠시 후.

머리가 복잡해진 이안의 귓전으로 드라키시스의 목소리가 다시 들려왔다.

-고대의 용사 레무스는 용맹뿐 아니라 지혜 또한 뛰어난 초월자였다.

"……!"

-부디 그의 지혜를 계승하여 나의 기대에 부응하도록 하라.

이어서 드라키시스의 말이 끝남과 동시에.

우우웅-!

짙은 공명음과 함께 멈춰 버린 듯했던 시공간이 다시 생기를 띄기 시작하였으며.

쿠웅-!

이안의 눈앞에 새로운 시스템 메시지가 한 줄 떠올랐다.

-악신 '에카리스'의 저주가 온몸을 지배하기 시작합니다.

그리고 그 메시지를 확인한 뒤.

이안의 두 동공은 점점 더 확대되기 시작하였다.

“두 번째 시련은 역시…… 에카리스의 저주인가?”

명왕 라키아누스의 말에 옆에 있던 아르테론이 고개를 끄덕이며 동조하였다.

“아마도 그렇겠죠. 그녀의 저주만큼 도전자의 지혜를 시험하기 좋은 방법도 찾기 힘드니 말이에요.”

두 탑주들의 이야기를 듣던 드라키시스는 대답 대신 천천히 고개를 주억거렸다.

그 또한 두 사람과 크게 생각이 다르지 않았으니 말이다.

‘가장 많은 도전자들이 좌절하는 지혜의 계승……. 과연 이 벽을 넘을 수 있겠느냐, 도전자여.’

세 탑주들이 언급하는 악신 에카리스의 저주는 자신을 객관적으로 ‘관조’ 할 수 있는 자만이 극복할 수 있는 고난이었다.

에리카스의 저주를 극복하기 위해선.

악신의 힘으로 완벽히 복제된 또 다른 ‘나’를 제압해야만 했으니 말이었다.

그리고 이것이 ‘지혜의 계승’ 퀘스트에 따로 난이도가 명시되어 있지 않은 이유였다.

에리카스의 저주에 의해 복제된 유저는 이제껏 그가 플레이해 온 데이터를 바탕으로 형성된 AI에 의해 움직일 것이었고, 이것은 시스템적으로 난이도를 설정할 수 없는 구조였으니까.

'초월의 길에 오르지 못한 영혼의 절반 정도는 이 지혜의 계승에서 미끄러졌지.'

보주 안의 이안을 응시하는 드라키시스의 눈에 옅은 현기玄機가 깃들었다.

그리고 그렇게 세 탑주의 시선들은 다시금 보주 안의 이안을 향해 고정되었다.

첫 번째 고난을 지켜볼 때보다도 더욱 흥미가 어린 탑주들의 시선.

그런데 잠시 후.

"어엇?"

"저, 저게……!"

흥미로 가득했던 탑주들의 시선은 점점 더 경악으로 바뀌기 시작하였고.

"……!"

비교적 담담하던 드라키시스의 또한 예외가 아니었다.

띠링-!

–임무 : 악신의 저주로 복제된 자신을 처치하시오.

–시간제한 : 없음

–임무를 완수할 시, 레무스의 지혜를 계승할 수 있습니다.

–임무 도중 사망한다면 '지혜의 계승' 퀘스트에 실패하게 되며, 모든 연계 퀘스트가 드롭됩니다.

용맹의 계승 때보다도 더욱 심플하게 바뀐 고난의 임무 메시지.

그것을 확인한 이안은 묘한 표정이 되었다.

'복제된 자신이라면…… 아무래도 레무스겠지?'

지금 '전장의 영웅' 에피소드 안에 들어와 있는 이안에게 '복제된 자신'이란 곧 레무스를 의미하는 것이었다.

때문에 처음 이안은 퀘스트의 목적을 조금 잘못 이해할 수밖에 없었다.

'그러니까 결국 고대의 영웅인 레무스를 처치하라는 이야긴데…… 이게 대체 왜 지혜의 계승이지?'

눈앞에 나타난 레무스의 모습과 시스템 메시지를 다시 한 번 번갈아 확인하며 들고 있던 용천대검을 고쳐 잡는 이안.

하지만 이안이 자신의 생각이 틀렸음을 깨닫는 데까지는, 그리 오랜 시간이 걸리지 않았다.

쿵– 쿵– 콰광–!

고작 다섯 합 정도 검격을 나눠 본 직후.

레무스의 움직임에서 알 수 없는 위화감을 느낀 것이었다.

'뭐지? 이 낯익은 움직임은…….'

이안은 소환술사이지만 대검을 사용하는 전투에 익숙했다.

특히 심판검 시리즈를 얻은 뒤로는 지금까지 거의 모든 전투에서 대검을 주 무기로 사용해 왔으니.

아마 이 시점에서 그에게 가장 익숙한 무기가 바로 대검일 것이었다.

그리고 이안에게는 그렇게 오랜 기간 대검을 사용하면서 생긴 한 가지의 습관이 있었다.

그것은 바로 전투가 시작되기 직전.

검을 든 반대쪽 허리의 검갑에 대검의 한쪽 검날을 살짝 걸쳐 놓는 것.

그것은 발검拔劍하기에도 무척이나 유리한 자세였으며, 무거운 대검의 무게를 지탱하기에도 편한 자세였다.

그리고 자신의 이 습관을 알고 있었던 이안은, 레무스의 자세와 움직임 등을 관찰하여 생각보다 빠르게 퀘스트의 본질을 꿰뚫어볼 수 있었다.

'저 AI…… 내 플레이를 기반으로 만들어진 AI였어.'

깨달음을 얻은 뒤 다시 복제된 레무스와 검을 섞어 본 이안은 자신의 생각이 옳음을 더더욱 확신할 수 있었다.

깨닫고 나서 좀 더 심도 있게 관찰하다 보니, 레무스의 모습 안에서 평소 이안의 모습이 너무 자연스럽게 겹쳐진 것이다.

심지어는 이런 것까지 구현이 되나 싶을 정도로 소름이 돋을 지경이었다.

'난이도가 왜 알 수 없음인가 했더니……'

하지만 소름이 돋은 것과 별개로.

이안의 입가에는 의미심장한 미소가 스륵 떠올랐다.

'후후, 내 도플갱어와의 싸움인가? 재밌기는 하군.'

퀘스트의 본질을 확실히 인지하고 나자 너무도 쉬운 파훼법이 머릿속에 떠올라 버린 것이다.

"흐, 그럼 다시 해 볼까?"

이안의 생각은 간단했다.

그가 평소에 대검을 들었을 때 생각하던 가장 취약한 포인트를 집중적으로 공략한다면.

결국 그의 플레이 데이터를 바탕으로 만들어진 AI는, 무너질 수밖에 없는 구조였으니 말이다.

'심판검도 아니고 아무 고유 능력 없는 이런 대검으로 싸우는 일대일 대전이라면…… 변수는 많이 줄어들겠지.'

물론 말이나 쉬운 것이지.

이안의 이 이론은 결코 실행하기 힘든 것이었다.

만약 이안이 모든 소환수를 소환할 수 있고 자신의 모든 장비를 착용한 상태였다면, 너무도 많은 변수 탓에 아예 시도조차 못 해 봤을 이론이었으니 말이다.

하지만 아무런 스킬을 사용하지 않으며 아무런 고유 능력을 갖지 않는 레무스의 복제가 상대라면, 이야기는 완전히 달라진다.

AI가 복제한 것은 이안의 플레이 스타일과 전투 패턴일 뿐, 그의 생각까지 복제하는 것은 불가능하였으니.

얼마든지 농락이 가능한 것이다.

그리고 그런 이안의 예상처럼.

콰아악- 콰쾅-!

에카리스의 저주에 의해 복제된 레무스의 환영은 이안의 검격에 순식간에 무너지기 시작하였다.

-'악신의 환영'에게 치명적인 피해를 입혔습니다!

-'악신의 환영'에게 치명적인 피해를 입혔습니다!

……후략…….

조금 전까지 이안과 대등하게 싸워 내던 존재가 맞는지 의심스러울 정도로.

완전히 일방적으로 두들겨 맞기 시작한 것이다.

그리고 그 결과.

-'악신의 환영'이 모든 생명력을 잃었습니다.

–'악신의 환영'을 처치하는 데 성공하셨습니다!

이안은 고작 10분 여 만에 그의 AI를 복제한 환영을 누더기로 만들어 버릴 수 있었다.

'크으, 거의 날로 먹었고요!'

자신의 생각대로 전투가 흘러가자 무척이나 신바람이 난 이안.

띠링–!

–'지혜의 계승 (히든)(에픽)(연계)' 퀘스트를 성공적으로 클리어하셨습니다!

–클리어 등급 : SSS+

……중략……

그런 이안의 눈앞에.

초월의 자격을 얻기 위한 마지막 퀘스트가 드디어 떠오르기 시작하였다.

–퀘스트를 완수하여, 클리어 보상을 획득합니다.

–'지혜의 목걸이(초월)(봉인)' 아이템을 획득하셨습니다.

–연계 퀘스트, '신뢰의 계승(히든)(에픽)(연계)' 퀘스트를 수령합니다.

새하얀 빛줄기가 휘몰아치며 이안의 시야를 가득 뒤덮었다.

시커먼 악령들이 득실거리던 에카리스의 신전은 점점 빛무리 속으로 묻혔으며, 자연스레 눈을 감았던 이안은 천천히 다시 눈꺼풀을 들어 올렸다.

"여기는……."

그리고 눈을 뜬 이안은 주변을 둘러보며 눈을 끔뻑일 수밖에 없었다.

그의 눈앞에 펼쳐진 새로운 공간은 눈부신 섬광으로 가득 찼던 시야와 완전히 대비될 정도로, 새카만 어둠이 내려앉아 있는 공허의 공간이었으니 말이었다.

'신뢰의 계승이라…… 마지막은 어떤 퀘스트일까?'

한 치 앞을 확인하기 힘들 정도로 이안의 주변에 짙게 깔려 있는 시커먼 어둠.

하지만 그 칠흑 같은 어둠이 그리 기분 나쁜 종류의 것은 아니었다.

오히려 이 처음 보는 공간에서 이안이 느끼는 감각은, 어머니의 태중胎中에 있는 아이가 느낄 감각처럼, 포근하고 아늑한 것이었으니까.

'지혜의 계승만큼이나 전혀 감이 안 오는 퀘스트네.'

이안은 대충 확인했던 마지막 퀘스트의 정보 창조차 다시 열어 보지 않았다.

현자의 탑에서 그에게 주어진 모든 고난의 퀘스트들은 그 정보 창 안에 퀘스트에 대한 어떤 정보도 담겨 있지 않았으니 말이다.

정보 창을 분석하며 이어질 퀘스트에 대해 연구할 시간에 가만히 눈을 감고 마음을 차분히 가라앉히는 게 더 낫다고 느껴질 수준.

"……."

그리고 그렇게 실없는 생각을 하며 잠시 명상 중인 이안의 눈앞에 낯선 그림자 하나가 천천히 모습을 드러내었다.

저벅, 저벅.

이어서 자신을 향해 다가오는 그림자를 보며.

이안은 천천히 그를 향해 입을 열었다.

"당신은 누굽니까?"

이안은 그 그림자가 적이 아닐 것이라고 생각하였다.

일단 그에게서 어떤 적의가 느껴지지 않기도 하였지만.

아무리 시련 퀘스트가 기상천외하다고 한들, 사전에 아무런 단서나 예고도 없이 다짜고짜 그를 공격하진 않을 것이라 생각했으니 말이다.

그리고 이안은 그림자의 대답을 듣는 순간.

그의 생각이 맞았다는 사실을 알 수 있었다.

–내가 누군지 모르겠는가?

외모는 완전히 달랐지만.

남자의 입에서 나온 목소리는 그에게 시련 퀘스트를 준 고룡 드라키시스의 그것이었으니 말이다.

하여 피식 웃은 이안은 드라키시스를 향해 다시 입을 열었다.

"제게 마지막 시련을 주러 오신 겁니까?"

-그렇다, 초월의 길에 오른 자여.

이안과 드라키시스의 눈이 허공에서 맞부딪혔다.

이어서 선풍도골 노인의 모습을 한 그를 이안은 다시 한번 훑어보았다.

"신뢰의 계승이라…… 이번엔 어떤 시련입니까?"

이안의 질문을 받은 드라키시스는 잠시 아무런 말도 하지 않았다.

그리고 잠시 이안을 응시하기만 하던 그는 천천히 다시 입을 열었다.

-그대가 극복해야 할 마지막 고난은…….

뜸을 들이는 드라키시스를 보며 이안은 마른침을 집어삼켰다.

꿀꺽.

하지만 드라키시스의 말이 이어진 바로 다음 순간.

-어쩌면 지금까지의 그 어떤 고난보다 가장 어려운 시련일 수도 있으며, 반대로 가장 쉬운 시련일 수도 있을 것이다.

이안은 벙한 표정이 되어 반사적으로 되물을 수밖에 없었다.

"예?"

그가 물은 것은 분명 퀘스트의 내용이었는데 드라키시스의 대답은 거의 동문서답에 가까운 것이었으니 말이다.

"저는 시련의 종류를 물은 것이지, 난이도를 물어본 게 아닙니다만……."

하지만 당황한 이안의 반문에도 불구하고 드라키시스는 그가 원하는 답을 해 주지 않았다.

아니, 해 주지 못했다.

–어떤 시련인지를 묻는다면 내가 해 줄 수 있는 이야기는 별로 없다.

"그게 무슨……?"

–이 마지막 시련은 그대의 의지로 극복되는 시련이 아니기 때문이다.

드라키시스의 이야기를 들으면 들을수록 이안의 머릿속은 점점 더 혼돈 속으로 빠져 들어갔다.

'아니, 뭐 이런 이상한 퀘스트가 다 있어?'

하지만 다음 순간.

이안은 이번엔 떨떠름한 표정이 될 수밖에 없었다.

우우웅–!

그의 바로 앞까지 다가온 드라키시스가 예의 그 황금빛 게이트를 소환했으니 말이다.

–그대가 해야 할 것은 단 하나.

"……뭡니까?"

쥐고 있던 나무지팡이를 치켜 든 드라키시스가 그것으로 황금빛 게이트를 가리키며 말을 이었다.

-이 게이트 안으로 들어가 저 반대편으로 다시 나오는 것뿐이다.

"……."

도무지 상식으로 이해할 수 없는 그라키시스의 퀘스트 설명에, 이안은 순간 말을 잃고 말았다.

'뭐 이런 퀘가 다 있어?'

하지만 NPC는 결국 기획된 대로 움직이는 존재일 뿐이었으니.

이안은 너무 깊게 생각지 않기로 하였다.

일단 그가 하라는 대로 움직인다면 분명 어떤 시련이 나타날 테니 말이다.

'말해 주기 싫으면 그냥 그렇다고 얘기하면 되지…….'

속으로 툴툴거리며 천천히 게이트를 향해 걸음을 떼는 이안.

"여하튼 저 안으로 들어가면 드라키시스 님이 안배한 마지막 시련을 치를 수 있게 되는 거죠?"

그에 대한 드라키시스의 대답은 무척이나 간결하였다.

-그렇다.

그리고 그 답을 들은 이안은 잠시 걸음을 멈췄다.

'저 안에 들어가면 뭔가 새로운 에피소드에 떨어지는 건

가? 또 뭔가랑 싸워야겠지?'

하지만 그 또한 잠시뿐.

이제 완전히 머릿속의 혼란을 비운 이안은 망설임 없이 다시 걸음을 옮기기 시작하였다.

'그래, 뭐 어떻게든 되겠지.'

그리고 그렇게 황금빛 포탈 앞까지 다가선 이안은 그 안으로 스르륵 발을 내딛었다.

크르릉-!

오늘도 평화로운 카이론 분지.

회색늑대 라이는 오늘도 기분 좋은 하루를 시작하였다.

'크릉, 햇살이 따뜻한 게 잠을 좀 더 자고 싶긴 하지만…….'

라이는 주변을 어슬렁거리는 동료 늑대들을 보며 활기찬 하루를 시작하였다.

뭔가 조금 기분이 묘하고 몽롱했지만.

그는 분명 카이론 분지의 회색늑대, 라이였다.

'크릉, 크릉! 그나저나 오래 자서 그런지 배가 무척 고프군.'

푸른 초원을 뛰어다니며 허기를 달래기 위한 먹잇감을 찾는 라이!

그러던 그의 눈에 가장 먼저 띈 것은, 등에 활을 메고 있는 약해 보이는 인간이었다.

'크릉! 오늘의 사냥감은 너로 정했다!'

인간의 앞에 다가간 라이는 기선 제압을 하기 위해 으르렁대기 시작하였다.

그는 이 카이론 분지의 회색늑대들 중에서도 대장을 할 정도로 뛰어난 늑대!

이런 허약한 인간 따위, 그의 상대가 될 리 없었으니 말이다.

크릉-- 크르릉--!

하지만 그의 앞에 나타난 인간은 라이가 생각지도 못했던 반응을 보여 주었다.

"이게, 노려보면 어쩔 건데?"

마치 꿀밤을 먹이기라도 할 모양새로 주먹을 번쩍 치켜들며, 라이를 향해 피식 웃는 희한한 인간.

하지만 바로 그 순간.

라이는 뭔가 이상함을 느끼기 시작하였다.

'크릉? 어어……?'

분명 오늘 처음 만났다고 생각한 이 요상한 인간의 얼굴이 갑자기 낯이 익기 시작한 것이다.

그리고 바로 다음 순간.

크르릉……!

라이는 잊고 있던 기억이 모두 떠오르기 시작하였다.

'크릉? 주인이 왜 여기에 있는 거지? 아니, 그 전에…… 나는 왜 여기에 있는 걸까?'

라이는 지금 그의 눈앞에 펼쳐진 상황을 도무지 이해할 수 없었다.

수년 동안 이안과 함께 모험하며 이미 늑대들의 제왕 '소버린 펜리르'까지 진화한 그가, 대체 왜 과거의 상황에 놓인 것인지 알 수 없었던 것이다.

'크릉, 꿈인가?'

하지만 그런 이해할 수 없는 상황과 별개로, 라이는 지금 그가 뭘 해야 할지 바로 알 수 있었다.

'크르릉. 당장 튀거나 주인에게 포획되거나…… 둘 중 하나를 해야 해.'

라이의 기억 속에서 지금 이 순간.

이안에게 죽기 직전까지 맞았던 기억이 번뜩 떠올랐던 것이다.

'크르릉! 일단 튀자! 주인에게 맞는 건 너무 아플 테니까.'

이안의 매운 주먹맛을 떠올린 라이는 고개를 절레절레 흔들며 뒷걸음질 쳤다.

하지만 그 바로 다음 순간.

'크릉, 그런데 잠깐. 만약 여기서 내가 도망치면 다시 주인

을 만날 수 없게 되는 건가?'

또 다른 생각이 떠오른 라이는 이안의 앞에서 갈등하기 시작하였다.

꾸르륵.

심연의 호수 깊숙이 존재하는 어두운 동굴.

머리가 유난히 큰 거북이 한 마리가 어둠 속에서 헤엄쳐 밖으로 빠져 나왔다.

뿍- 뿍-.

그의 정체는 심연의 호수를 수호하는 어비스 터틀 뿍뿍이!

오늘은 오랜만에 섬으로 올라가서 맛있는 별식인 심연의 이끼를 뜯어먹을 계획이었다.

'뿍! 쫀득하면서도 입속에서 녹아내리는 부드러운 이끼를 잘 찾아야겠뿍!'

이끼의 쫀득한 식감을 떠올린 뿍뿍이는 벌써부터 행복한 표정이 되어 엉금엉금 뭍으로 기어 올라갔다.

'오늘은 좀 더 멀리 모험을 떠나야겠뿍.'

그는 원래부터 게으른 성격 때문에 멀리 움직이는 것을 싫어했다.

하지만 오늘은 더 맛있는 먹이를 찾기 위해 모험을 떠나기로 결정했다.

그는 모험을(?) 좋아하는 멋진 거북이였으니까!

뿍- 뿍-.

뿍뿍은 여느 때처럼 뿍뿍거리는 소리를 내며, 리듬에 맞춰 기어가기 시작했다.

그런데 한참 엉금엉금 기어가던 그는 멀리서부터 자신을 향해 다가오는 누군가를 발견했다.

'뿍? 못생긴 인간이다뿍!'

뿍뿍은 살짝 긴장했지만, 걸음을 멈추지는 않았다.

그 누구도 용맹한 심연의 거북을 이길 수 있다고 생각하지 않았으니까!

그런데 잠시 후.

그 인간이 그에게 다가와 지팡이로 그의 등껍질을 건드렸다.

툭- 툭-.

'뿍! 감히 날 건드렸뿍!'

찌릿!

인간을 한번 째려본 뿍뿍은 쏜살같이 등껍질 안으로 몸을 숨겼다.

"얘 뭐야?"

남자는 어처구니없다는 표정이 되어 뿍뿍을 멍하니 바라보았다.

'나 지금 맛있는 이끼 먹으러 가야 된다뿍! 귀찮게 하지 말고 빨리 지나가라뿍뿍!'

뿍뿍은 남자가 얼른 지나가기를 기다리며 속으로 투덜댔다.

그런데 남자는 지나가기는커녕, 갑자기 이상한 주문을 외우기 시작했다.

"포획!"

그리고 그의 손에서 뻗어 나간 하얀 빛이 뿍뿍의 몸을 향해 다가왔다.

뿍뿍은 그 이질적인 기분이 마음에 안 들었다.

'뿍! 귀찮뿍!'

그가 빛을 거부하자 그 빛은 허공으로 흩어졌고 남자는 당황스러운 표정으로 중얼거렸다.

"뭐지? 이런 적은 없었는데?"

뿍뿍은 귀찮은 인간이 빨리 자신에게서 관심을 껐으면 좋겠다고 생각했다.

그런데 그때, 남자가 자신의 지팡이를 들어 올리더니 뿍뿍의 등껍질을 내려쳤다.

퍽-!

그는 별로 충격을 받지는 않았지만 기분이 상했다.

'뿍! 감히 날 때리다니!'

남자는 의아한 표정으로 중얼거리더니 계속해서 등껍질을

내리치기 시작했다.

"너무 약했나?"

퍽- 퍽- 퍽-.

하지만 뿍뿍이 느끼기에는 별 차이 없는 의미 없는 두들김이었다.

'귀찮! 귀찮뿍!'

그러자 남자는 더욱 당황했다.

"뭐야 이거?"

그리고 오기가 생겼는지 또다시 지팡이를 휘둘렀다.

퍽-!

하지만 지금까지와 별 다를 것은 없었다.

"이거 뭐 하는 녀석이야?"

남자가 중얼거리자 옆에 있던 늑대도 다가와 고개를 갸웃거렸다.

크르릉-?

"라이야 한번 물어봐."

그가 말하자, 늑대는 뿍뿍에게로 다가와 등껍질을 깨물었다.

크릉-!

그에 뿍뿍은 분노했다.

'내 명품 등껍질에 기스 난다뿍! 누가 이것들 좀 데려가라 뿍뿍!'

하지만 그의 등껍질은 단단했다.

등껍질을 문 늑대만 오히려 이빨이 아픈지 낑낑거렸다.

이쯤 되었으면 포기할 법도 했는데 인간은 갑자기 뿍뿍의 앞에 쪼그려 앉았다.

'얘는 안 가고 뭐 하나뿍!'

눈앞에 쫀득하고 야들야들한 이끼가 아른거리는데 이상한 인간 때문에 껍질 속에서 나갈 수 없자 뿍뿍은 짜증이 났다.

그런데 그때, 쪼그려 앉아서 뭔가를 생각하던 인간이 갑자기 벌떡 일어났다.

그리고 가방 속에서 뭔가를 주섬주섬 꺼내기 시작했다.

쿵, 쿵쿵.

이어서, 뿍뿍의 코 안으로 향긋한 냄새가 스며들어 오기 시작했다.

'뿍-? 이, 이 냄새는……!'

향긋한 냄새가 코끝으로 스며들어온 그 순간.

뿍뿍이는 뭔가 몽롱한 기분이 되었다.

"뿍……?"

그리고 마치 번개라도 맞은 듯.

머릿속 어딘가에 꼭꼭 숨겨져 있던 기억이 하나둘 떠오르기 시작하였다.

'뿍, 이건 무슨 상황이냐뿍. 내가 왜 여기 있냐뿍.'

수많은 기억이 밀려 들어오기 시작하자 뿍뿍이는 당황하

였다.

하지만 그 또한 잠시뿐.

그가 가장 좋아하는 바로 그 냄새에 뿍뿍이는 일단 등껍질 밖으로 머리를 내밀어야 했다.

그리고 그곳에는 무척이나 낯익은 동그란 고깃덩이가 덩그러니 놓여 있었다.

“거북아, 이거 진짜 맛있는 거야. 안 나오면 후회할걸?”

남자. 아니, 이안은 뿍뿍이를 유혹하기 시작했다.

그리고 그 유혹에 그는 다시 고민을 시작하였다.

‘치, 침샘이 폭발한다뿍. 마약미트볼을 먹으면 행복해질 것 같다뿍!’

하지만 뿍뿍이는 미트볼을 향해 가지 않고, 계속 그 앞에서 갈등했다.

‘뿍! 먹고 싶뿍!’

당장이라도 고개를 내밀어 향긋한 마약미트볼을 입에 한가득 물고 싶었지만.

엉뚱한 생각이 나기 시작한 것이다.

‘뿍. 혹시 지금이라면 주인의 마수에서 벗어날 수 있지 않을까뿍.’

어찌 된 영문인지는 알 수 없지만.

그는 지금 이안의 소환수가 되기 전이었다.

그리고 여기서 저 마약미트볼을 물지 않는다면, 뿍뿍이는 오래 전처럼 이 평화로운 심연의 호수에서 행복한 삶을 살아갈 수 있을 것이다.

'미트볼이 너무 먹고 싶지만…… 나는 자유로운 거북이고 싶뿍!'

하지만 그와 동시에.

뿍뿍이의 머릿속에는, 다른 걱정도 들기 시작했다.

'못생긴 주인의 마수에서 벗어나는 건 좋겠지만, 지금 주인을 따라가지 않는다면 마약미트볼을 평생 먹을 수 없을지도 모른다뿍.'

이제까지도 그가 가장 좋아하는 음식인 마약미트볼부터 시작해서 이안 덕에 만날 수 있었던 그의 여자 친구 예뿍이까지.

뿍뿍이의 소중한 기억들이 주마등처럼 그의 머릿속을 스쳐 지나간 것이었다.

'뿍! 모르겠뿍!'

하여 난생 처음 겪는 선택장애 속에 다시 천천히 고개를 드는 뿍뿍!

뿍뿍이의 걸음이 어디론가 천천히 떼어지기 시작하였다.

'떡대'도, '할리'도, '핀'도.

'빽빽이'도, '카르세우스'도, '닉'도…….

'엘카릭스', '루가릭스', 그리고 까망이, 크르르까지.

이안의 소환수들은 모두 오래 전의 꿈을 꾸었다.

그리고 그 꿈속에서 그들은, 한 가지 선택을 해야만 했다.

라이의 시선이 이안을 향했다.

이어서 그 둘의 시선이 허공에서 맞부딪쳤다.

그리고 이안과 눈이 마주친 라이는 결국 걸음을 돌릴 수밖에 없었다.

'주인을 만날 수 없게 되는 건…… 싫다. 크릉!'

그동안 미운 정 고운 정 다 들어 버린 이안의 얼굴을 보니, 쉽게 발걸음이 떨어지질 않았던 것이다.

하여 라이는 뒤돌아 도망가는 대신, 이안의 품으로 뛰어들었다.

크릉-!

그리고 다음 순간.

"포획!"

익숙한 이안의 목소리가 다시 라이의 귓전으로 흘러 들어왔다.

이어서 이안의 손에서 뻗어 나온 빛무리 속에 빨려 들어가면서 라이는 작게 으르렁거렸다.

'크릉. 그래, 이 느낌. 익숙한 느낌이야.'

그리고 그렇게 라이의 시야는 까맣게 어두워지기 시작하였다.

미트볼의 앞에 선 뿍뿍이는 미트볼과 이안을 번갈아 바라보았다.

그는 지금 이 순간, 한 가지 사실을 아주 잘 알고 있었다.

지금 여기서 미트볼을 한 입 베어 먹는다면, 걸어왔던 같은 길을 또 걷게 될 것이라는 사실을 말이다.

뿌욱……!

하여 뿍뿍이는 그가 이안과 함께했던 지난 시간들을 천천히 되짚어 보았다.

'그래, 주인이 조금 사악하기는 하지만 그래도 나쁜 주인은 아니다뿍. 주인이 아니었다면 나는 미트볼도, 예뿍이도 만날 수 없었을 거다뿍.'

그리고 마지막까지 갈등하던 뿍뿍이는 다시 고개를 쑥 내밀고 천천히 걷기 시작하였다.

뿍– 뿍– 뿌뿍–!

이어서 앞에 있던 미트볼을 크게 한 입 베어 문 뿍뿍이는 또다시 같은 선택을 할 수밖에 없었다.

'절대로 미트볼이 맛있기 때문은 아니다뿍. 주인 없이 호수에서만 살아가는 건 생각보다 심심할지도 모른다뿍.'

그렇게 뿍뿍이는 또다시 이안의 소환수가 되는 것을 선택하였다.

이안은 알지 못했다.

그가 이 황금빛 게이트를 밟은 순간.

그의 소환수들이 특별한 '꿈'을 꾸기 시작했다는 사실을 말이다.

하지만 그 게이트 안의 어두운 길을 걷는 동안.

이안은 왠지 모를 따뜻함을 하나둘 느낄 수 있었다.

'이 밍밍한 기분은 뭐지? 나쁘지는 않은 것 같은데…….'

그리고 하염없이 어두운 길을 걷던 이안은 눈앞이 점점 더 밝아지는 것을 느꼈다.

이어서 새하얀 광원에 걸음을 옮기자.

띠링-!

너무도 익숙한 시스템 알림음과 함께 이안은 다시 바깥으로 나올 수 있었다.

저벅.

그리고 이안의 눈앞에 어느새 나타난 드라키시스가 옅은 미소를 짓고 있었다.

―첫발을 딛는 데, 성공하였군.

드라키시스는 무척이나 흡족한 표정이었지만 이안은 어리둥절할 뿐이었다.

그가 무슨 말을 하는 것인지 전혀 이해할 수 없었으니 말이다.

"성공하다니요?"

―말 그대로다. 그대는 나의 지혜를 얻기 위한 마지막 시련을 통과하였다.

"예……?"

당황한 이안은 반사적으로 반문하였지만 더 이상 드라키시스의 설명을 들은 필요는 없었다.

그의 말이 끝난 바로 그 순간.

시스템 메시지들이 주르륵 떠오르기 시작했으니 말이다.

―조건이 충족되었습니다.

―'신뢰의 계승(히든)(에픽)(연계)' 퀘스트를 성공적으로 클리어하셨습니다!

―클리어 등급 : SS+

……중략……

―퀘스트를 완수하여, 클리어 보상을 획득합니다.

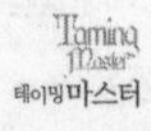

—'신뢰의 머리 장식(초월)(봉인)' 아이템을 획득하셨습니다.

모든 연계 퀘스트를 전부 클리어하였습니다.

이어서 그 메시지를 읽어 내려가는 이안을 향해, 드라키시스가 빙긋 웃으며 한마디를 덧붙였다.

—그대의 용맹과 지혜, 그리고 그대를 향한 신뢰라면…… 그대는 분명 초월의 길을 걸을 수 있을 것이다.

《테이밍 마스터 2부》 마칩니다

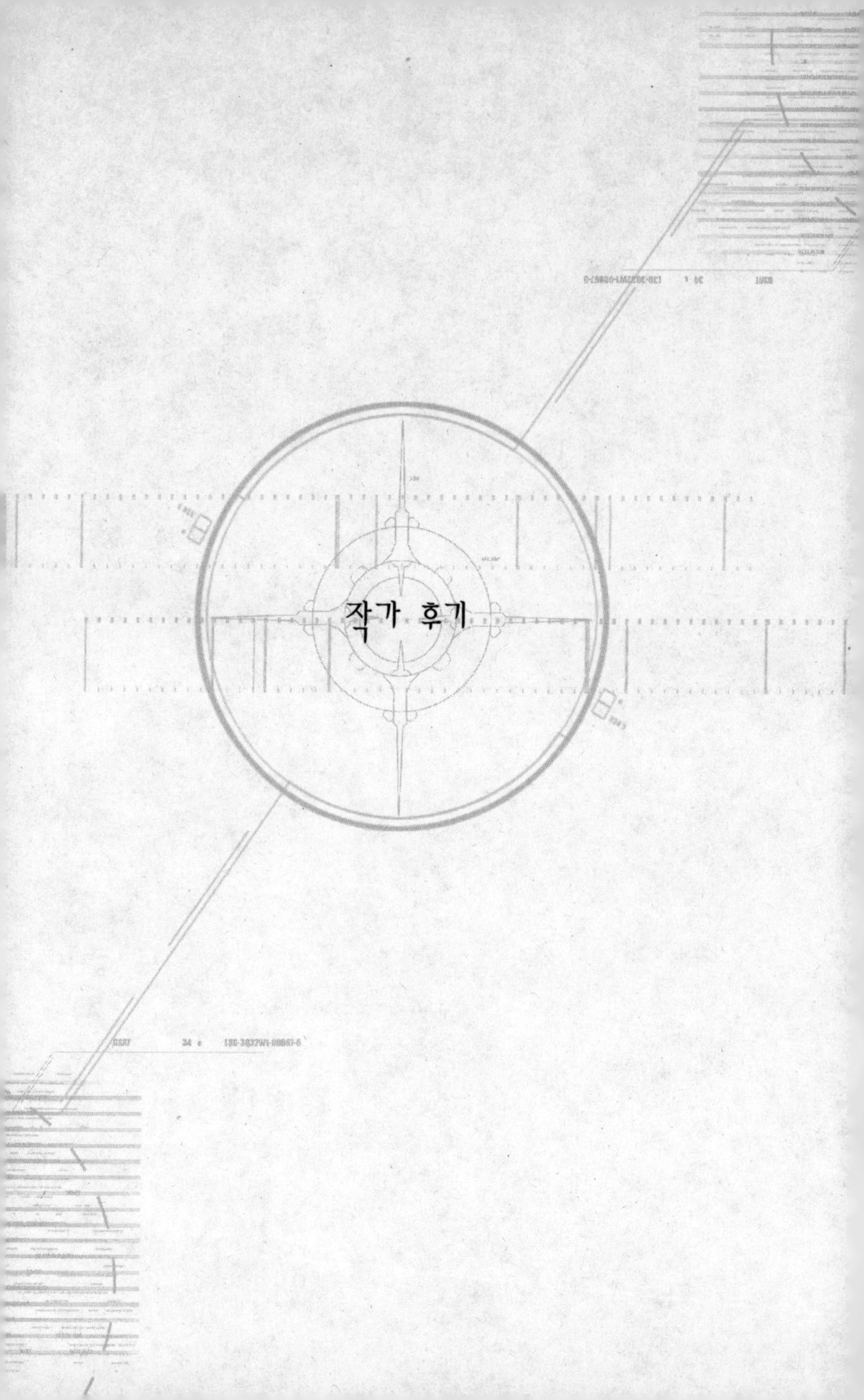

작가 후기

Taming
Master

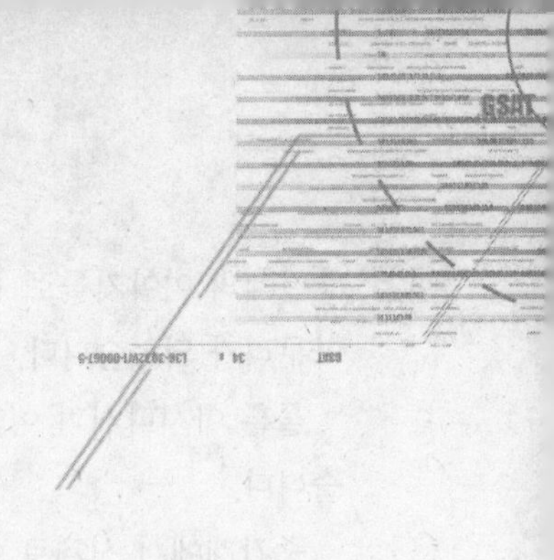

안녕하세요, 테이밍 마스터 작가 박태석입니다.

이렇게 테이밍 마스터 2부도, 어찌어찌 마침표를 찍을 수 있게 되었네요.

우선 연재 기간만 4년이 넘는 긴 시간 동안, 제 부족한 글을 읽어 주신 모든 독자 여러분께 감사의 말씀을 올립니다.

제 역량에 비해 방대한 스토리를 집필하느라 그동안 탈도 많고 고생도 많이 했지만, 그래도 여기까지 올 수 있었던 것은 전부 제 글을 재밌게 읽어 주시는 독자 여러분 덕분이었습니다.

지상계의 스토리를 주로 다뤘던 26권까지의 1부에 이어,

중간계의 이야기들로 구성된 45권까지의 2부 내용이 드디어 마무리가 되었습니다.

물론 아시다시피 이안의 남은 이야기들은 아직도 적지 않습니다.

중간계에서 신계로 이어지는, 테이밍 마스터의 모든 서사를 매듭짓기 위한 마지막 이야기가 아직 남아 있으니 말입니다.

그러나 오랜 기간 집필을 이어 온 관계로 당분간 휴식을 취한 후, 3부의 집필을 시작하도록 하겠습니다.

이제 남은 3부는 아마 신이 되기 위한 이안의 이야기가 될 것 같습니다.

또 그와 동시에, 지금까지 테이밍 마스터 스토리를 정리하는 내용이 될 것입니다.

마지막 이야기인 만큼 최대한 열심히 준비해서 돌아오겠습니다.

충분한 휴식 기간도 갖고 스토리도 정리하여, 독자 여러분의 기대에 부응할 수 있도록 최선을 다하겠습니다.

테이밍 마스터를 사랑해 주시는 여러분들께, 다시 한번 진심으로 감사드립니다.

ROK
MEDIA
로크미디어